LETTRE

DE MONSEIGNEUR

L'EVÊQUE DE TROYES

A MONSEIGNEUR

L'EVÊQUE D'AUXERRE.

*A l'occasion de la Lettre Pastorale que Monseigneur l'Evêque
d'Auxerre a donnée à son Diocèse, au sujet de celle
de Monseigneur l'Archevêque de Sens, en datte du 15
Août 1731.*

ONSEIGNEUR,

Je suis bien fâché d'avoir gardé si long-tems la Lettre Pastorale que vous jugez à propos de donner à votre Diocèse,

A

au fujet de l'obligation de rapporter toutes nos actions à Dieu, par quelque impreſſion au moins virtuelle de charité ; afin de préſerver votre peuple de la contagion des nouveautez que l'on s'efforce d'introduire dans notre Province, & pour le prévenir contre la ſeduction des nouveaux écrits qui s'y ſont répandus. Mais vous verrez bien que je n'ai tant differé à vous la renvoyer, que parce que j'ai voulu l'examiner, pour me mettre en état de former avec plus de connoiſſance le jugement que vous deſirez que j'en porte.

Je vous dirai donc d'abord, Monſeigneur, que j'en aprouve toute la doctrine, que je la trouve entierement conforme à celle de l'Ecriture & de la Tradition, & en particulier de feu M. de Meaux, ainſi que je le ferai voir dans la ſuite de cette Lettre.

Et pour entrer dans quelque détail, j'ajoûte que dans la PREMIERE PARTIE, vous montrez clairement & ſans replique, la conformité des nouveaux écrits que vous attaquez, avec l'Apologie des Caſuiſtes ſur le fond de la maxime que vous défendez : que les uns & les autres traitent d'erreur la maxime qui oblige tous les Chrétiens à aimer Dieu dans toutes leurs actions, & à les lui rapporter par quelque impreſſion au moins virtuelle de charité : que c'eſt cette même maxime dont nos Prédéceſſeurs ont pris la défenſe par la cenſure qu'ils ont portée contre l'Apologiſte ; & que cette cenſure tombe également ſur les nouveaux écrits qui renouvellent les mêmes égaremens. Vous réfutez ſolidement les fauſſes évaſions par leſquelles on prétend éluder le ſens & la force de cette cenſure : & vous faites ſentir que dans le tems qu'on veut paroître employer une partie du langage de nos Peres, on en change le ſens, on brouille & on confond toutes les idées, on tombe dans des contradictions manifeſtes ; & on dit au fond la même choſe que ce qu'a avancé l'Apologiſte.

Il eſt bien étonnant qu'on en ſoit réduit à prouver ce qui eſt ſi évident par ſoi-même, que les preuves qu'on en peut apporter ne ſçauroient être ni plus claires, ni plus frappantes. Car il n'eſt beſoin ici que de la ſimple expoſition des termes. Que toute la terre en ſoit témoin.

Voici la propoſition de l'Apologiſte.

» S'ils n'ont à nous débiter que les erreurs de ceux qui
» tiennent pour maxime que les Chrétiens doivent en toutes

» leurs actions aimer Dieu , & qu'il n'y a point d'action
» vertueuse , si elle n'est commandée par la charité, nous n'a-
» prouvons point ces erreurs. »

Qui ne voit que cette proposition est composée, & qu'elle
contient ces trois assertions. La premiere : il y en a qui tiennent pour maxime que les Chrétiens doivent en toutes leurs
actions aimer Dieu ; & qu'il n'y a point d'action vertueuse,
si elle n'est commandée par la charité. La seconde : cette maxime , ou cette doctrine est une erreur. La troisiéme : nous re-
jettons cette erreur.

La proposition de l'Apologiste peut donc être considerée par
raport à ces trois assertions qu'elle renferme : & quiconque
voudra l'examiner , & en porter son jugement , y doit distinguer ces trois parties ; & fixer celle sur laquelle il prononcera,
pour parler avec exactitude.

Voici maintenant la censure de M. de Gondrin, adoptée par
toute la Province.

Cette cen-
sure est impri-
mée à la fin
de cette Let-
tre.

« Cette proposition, *en tant* qu'elle taxe d'erreur la tres-
» sainte doctrine qui assure qu'il est commandé à tous les Chré-
» tiens de raporter *actuellement* ou *virtuellement* toutes leurs
» actions à la gloire de Dieu , est téméraire , & fausse , inju-
» rieuse aux Péres, à S. Thomas, & aux plus grands Théolo-
» giens qui ont toujours reconnu dans ces paroles de Saint Paul :
» *Que toutes vos actions soient faites en charité ; & dans cel-*
» *les-ci : Soit que vous mangiez , soit que vous beuviez , soit*
» *que vous fassiez quelqu'autre chose , faites tout pour la gloire*
» *de Dieu* , un véritable commandement qu'on ne peut man-
» quer d'accomplir sans quelque peché mortel , ou veniel. »

1. Cor.
XVI. 14.
1. Cor. x.
31.

On voit du premier coup d'œil :

I °. Que les auteurs de la censure ont exactement distingué
les trois assertions que je viens de marquer dans la proposition
de l'Apologiste ; & que c'est sur la seconde qu'ils prononcent.

II °. Qu'ils ont eu soin de la fixer, & de restraindre la proposition de l'Apologiste à cette seconde assertion , par la parti-
cule restrictive & déterminative, *en tant que , en tant qu'elle
taxe d'erreur* , &c. ce qui est le même que de dire , quant à
cette assertion où elle taxe d'erreur la maxime qui enseigne que
les Chrétiens , &c. En quoi ils ont montré leur justesse , & leur
exactitude. Car ils ne pouvoient pas dire généralement , & indéfiniment : *Cette proposition est fausse* , &c. puisqu'elle con-

A ij

tient deux affertions , fçavoir , la premiere & la troifiéme , qui font d'une vérité notoire. Il falloit donc la reftraindre , & déterminer la partie fur laquelle tomboit leur jugement.

III°. On voit que la propofition de l'Apologifte ainfi déterminée , eft déclarée abfolument *téméraire , fauffe , & injurieufe aux faints Peres.* Qu'ainfi ce que les auteurs de la cenfure prononcent être téméraire , faux , & injurieux aux faints Peres, c'eft précifément de dire , comme fait l'Apologifte , *que c'eft une erreur de tenir pour maxime que les Chrétiens doivent dans toutes leurs actions aimer Dieu : & qu'il n'y a point d'action vertueufe fi elle n'eft commandée par la charité.* Car c'eft là précifément ce que dit l'Apologifte , & il ne dit pas autre chofe.

IV°. On obferve à la vérité que les auteurs de la cenfure ne répetent pas l'affertion de l'Apologifte dans les mêmes termes par lefquels elle eft énoncée : mais on voit en même tems avec la même évidence , qu'ils ont rendu par une feule propofition tout le fens , & toute la force de la maxime comprife en deux propofitions que l'Apologifte traite d'erreur ; & que cette maxime qui dit qu'on doit aimer Dieu dans toutes fes actions , & les faire par le commandement de la charité , eft précifément ce que les auteurs de la cenfure ont voulu exprimer en difant *qu'il eft commandé de raporter toutes fes actions à la gloire de Dieu.* Cela , dis-je , eft vifible. 1°. Parce que les auteurs de la cenfure , n'auroient pû ni dire , comme ils font , que la propofition de l'Apologifte traite d'erreur la doctrine qui enfeigne qu'il eft commandé de raporter toutes fes actions à la gloire de Dieu ; ni la condamner pour cela comme téméraire & fauffe , fi ce qu'elle taxe d'erreur , étoit different : puifqu'elle ne peut être ni fauffe , ni téméraire en ce qu'elle ne diroit pas. 2°. Parce qu'ils auroient encore moins pû la déclarer injurieufe aux faints Peres ; & en aporter pour preuve , qu'ils ont reconnu un vrai commandement dans les deux paffages où l'Apôtre dit : *Qu'il faut faire toutes fes actions en charité : & pour la gloire de Dieu ;* fi ces paffages de Saint Paul n'étoient pas la même chofe , & que la maxime qui dit que les Chrétiens doivent aimer Dieu dans toutes leurs actions & les faire par le commandement de la charité , qui eft ce que l'Apologifte traite d'erreur , & que la fainte doctrine qui enfeigne qu'il faut rapporter toutes fes actions à la gloire de Dieu , qui eft ce que les auteurs de la cenfure difent pofitivement que l'Apologifte taxe d'erreur : puifque cette preuve ne

1. Cor. xvi. 24.
1. Cor. x. 31.

quadreroit, ni à ce qu'ils combatent, ni à ce qu'ils établiſſent.
3°. Enfin, parce qu'en comparant enſemble & les expreſſions de
l'Apologiſte, & celles des Auteurs de la cenſure, & celles de
Saint Paul, on voit manifeſtement qu'elles ne portent toutes à
l'eſprit que la même idée, ſçavoir, qu'il faut faire toutes ſes
actions par le motif de la gloire de Dieu, qui eſt celui de la
charité.

V°. De là il eſt clair comme le grand jour, que ce que l'A-
pologiſte combat, & ce que les Auteurs de la cenſure deffen-
dent, & établiſſent, c'eſt préciſément le M O T I F par lequel
toutes les actions doivent être faites ; & que le premier ne prétend autre choſe ſinon qu'il n'eſt pas commandé, ni néceſſaire
de les faire par le motif de la charité, que c'eſt même une erreur de le penſer : & que les autres décident que c'eſt un commandement exprès de les faire par ce ſaint motif, & qu'il eſt
téméraire, faux, & injurieux aux ſaints Peres de traiter cette
doctrine d'erreur.

Tout cela, dis-je, eſt évident par ſoi-même, & n'a beſoin
que d'une médiocre attention. J'ai donc raiſon de dire qu'on
ne peut rien apporter de plus clair ; & que qui n'en ſent pas la
vérité, ne ſentira jamais rien.

Cependant comme la propoſition cenſurée dans l'Apologiſte
ſe trouve préciſément la même que celle dont M. l'Archevêque
de Sens prend la deffenſe dans ſa nouvelle Lettre Paſtorale,
avec cette différence ſeulement que celle de l'Apologiſte eſt
beaucoup plus modérée, & moins hardie ; on paſſeroit plus aiſément à M. l'Archevêque les efforts qu'il fait pour éluder cette
cenſure dont tout le poids retombe ſur lui, s'il avoit eſſayé d'é-
viter le coup ſans ſe jetter dans des abſurditez manifeſtes, &
ſans mépriſer ouvertement le jugement du Public. Que ne ré-
pondoit-il avec hardieſſe comme il a fait au Mandement de
M. le Cardinal de Janſon, qu'il ne *s'embarraſſoit* point de cette
cenſure ? Cette réponſe auroit du moins paru ſincere.

Mais n'eſt-ce pas viſiblement ſe mocquer, que de faire ſem-
blant de reſpecter cette cenſure, & après cela de lui faire dire ce
que manifeſtement elle ne dit point : & de nier qu'elle diſe ce
qu'elle dit uniquement, & en termes exprès ?

La cenſure, dit-il, n'eſt point abſoluë, mais conditionelle ;
elle n'eſt point générale, mais reſtrainte ; enfin elle ne fixe point
le motif par lequel il faut faire ſes actions, mais elle le laiſſe
indécis.   A iij

Lettre Paſt.
de M. de Sens,
19. & 20.

De bonne foi, à qui croit-on parler ? Qu'on life donc. *Cette proposition*, dit la censure, EN TANT *qu'elle taxe d'erreur :* quant à l'assertion qui taxe d'erreur &c. *est téméraire, fausse &c.* Y a-t-il rien de plus positif, de plus affirmatif, & de plus absolu ? Ne voit-on pas ici deux chofes affirmées ? l'une que la proposition de l'Apologiste taxe d'erreur une certaine doctrine ; l'autre que cette assertion est téméraire, fausse &c. Il est vrai que la premiere est affirmée incidemment : mais si M. l'Archevêque confulte fa logique, & le fens commun, il trouvera qu'elle ne l'est pas moins absolument que la seconde ; & que la vérité de la seconde affirmation qui est très absoluë, dépend de la vérité de la premiere qui doit se résoudre en affirmation aussi absoluë : comme si on disoit, cette proposition de l'Apologiste taxe d'erreur une telle maxime, & en cela elle est téméraire, fausse &c. où, comme l'énonce M. de Gondrin lui-même, *cette proposition accusant d'erreur* &c. est téméraire, fausse &c. puisqu'il ne peut être absolument vrai que la proposition de l'Apologiste est téméraire, fausse &c. s'il n'est absolument vrai qu'elle taxe d'erreur la doctrine &c. C'est donc une réverie de dire que cette censure est *conditionelle.* Je dis une réverie, non seulement parce que c'est une pure illusion ; mais encore parce qu'elle n'aboutit à rien de réel, & qu'elle ne met rien entre les mains de celui qui l'a saisie. Que M. l'Archevêque imagine tant qu'il voudra que la censure est conditionelle : qu'il la tourne ainsi : *en tant que* cette proposition taxeroit d'erreur la doctrine &c. ; elle seroit téméraire, fausse &c. ; car c'est ainsi qu'il faudroit achever la phrase : Que gagnera-t-il à ce changement ? La censure en décidera-t-elle moins, qu'il est téméraire, faux & injurieux aux Peres de dire que c'est une erreur d'enseigner qu'il nous est commandé de rapporter toutes nos actions à la gloire de Dieu, & de les faire en charité, & pour la gloire de Dieu ; & par conséquent de les faire par le motif de la gloire de Dieu, qui est celui de la charité.

Mais ce qui est admirable, c'est que M. l'Archevêque veut prouver que la censure est conditionnelle, parce qu'elle restraint la proposition de l'Apologiste ; *La censure n'est pas absoluë,* dit-il, *mais restrainte par ce mot, en tant que.* Où a-t-il donc trouvé qu'*absolu* soit opposé à *restraint* ? Absolu est opposé à conditionnel : & restraint est opposé à général. Une proposition complexe, ou composée, ne devient point conditionnelle par la re-

Let. Past. p. 20.

striction, mais elle devient déterminée à une partie de ce qu'elle contient. Et comme la proposition de l'Apologiste est composée de trois assertions, ainsi que je l'ai remarqué, il falloit nécessairement la restraindre, & déterminer l'assertion sur laquelle on vouloit faire tomber la censure : sans quoi on n'auroit point parlé exactement.

Il est donc vrai que les Auteurs de la censure ont restraint la proposition de l'Apologiste par ce mot, *en tant que*. Mais à quoi l'ont-ils restrainte ? Est-ce à ce qu'elle ne contient pas ? Il seroit ridicule de le dire. Ce ne peut être sans doute qu'à quelque chose qu'elle contient. Autrement ce ne seroit pas la restraindre, mais la changer. A quoi donc l'ont-ils restrainte ? Ils ne le laissent point à deviner. Ils le disent clairement ; c'est à ce qu'elle dit que c'est une erreur d'imposer aux Chrétiens l'obligation de faire toutes leurs actions par le MOTIF de l'amour de Dieu, & de sa gloire. C'est là précisément ce qu'elle déclare téméraire, faux, & injurieux aux Peres, comme on l'a vû.

Et c'est ce qui montre que la dernicre évasion de M. l'Archevêque de Sens n'est pas moins évidemment absurde que les autres. Car, comme ce qui est taxé d'erreur par l'Apologiste, c'est précisément que l'on donne la Charité pour le SEUL MOTIF, & SEUL PRINCIPE légitime des actions des Chrétiens ; c'est aussi manifestement l'obligation d'agir par ce motif, qui est établie par la censure. C'est uniquement ce motif qu'elle fixe : & cela est clair, tant par les termes de la maxime vangée par la censure, où est expressément énoncé le motif de la gloire de Dieu qui fait l'attribut de la proposition, & ce qu'on veut précisément affirmer; que par les preuves dont on appuïe cette maxime, c'est-à-dire, par les deux passages de Saint Paul, dont l'objet unique est manifestement de fixer ce motif. Car ne seroit-il pas ridicule de faire dire à l'Apôtre, & de l'alléguer pour prouver simplement qu'il faut faire toutes ses actions ? Ce que veut donc dire Saint Paul : ce que veulent dire les Auteurs de la censure, c'est qu'il faut les faire toutes par la charité, & pour la gloire de Dieu. Et par conséquent l'unique dessein de la censure, c'est d'en fixer le motif.

On ne finiroit pas si on vouloit mettre dans tout son jour toute l'absurdité de cet endroit de la nouvelle Lettre Pastorale. Est-ce donc ainsi que des Evêques doivent traiter les choses les plus sérieuses ?

Dans la SECONDE PARTIE, vous appuïez la sainte maxime dont il s'agit par tous les principes les plus incontestables de la morale tirez de l'Ecriture, des Peres & même de la raison, & vous écartez tous les nuages dont on s'efforce de les obscurcir. Enfin vous montrez cette doctrine nettement enseignée dans les Catéchismes, ouvrages qui ne contiennent que la foi commune des fideles. Vous insistez principalement sur celui de la Métropole qui enseigne si expressément & si nettement l'obligation d'aimer Dieu dans toutes ses actions, & de les lui rapporter par cet amour qui nous est commandé dans le premier précepte, que je deffie tout homme de bon sens de ne pas l'y apercevoir du premier coup d'œil, de quelque préjugé qu'il soit entêté.

Aussi, Monseigneur, vous ne manquez pas en finissant cette seconde partie, de vous élever avec force contre la hardie & bien affligeante démarche du nouvel Archevêque, qui a ôsé dès les premiers jours de son Gouvernement, changer le Catéchisme de son Diocèse, dans un point aussi capital que l'est celui de l'amour de Dieu, sur lequel ses propres Curés venoient de le presser vivement, en lui reprochant à la face de toute l'Eglise, qu'il entreprenoit d'abolir la sainte tradition de sa Province, & la doctrine de son Eglise enseignée dans leur Catéchisme.

M. l'Archevêque de Sens prétendra peut-être n'en avoir changé que les termes, & non le sens. C'est à quoi il nous prépare dans sa Lettre Pastorale du 15 Août de l'année dernière, & ce qu'il insinuë assez clairement dans le Mandement du 8 Septembre suivant, qu'il a mis à la tête de son nouveau Catéchisme.

Mais il ne faut qu'une simple exposition des termes de l'ancien & du nouveau Catéchisme, pour démontrer le contraire avec la dernière évidence.

Catéch. de M. de Gondrin, Lec. XIV.

Voici ce que porte l'ancien Catéchisme de Sens : *Pour aimer Dieu, comme il le commande, il faut songer souvent à lui, se plaire à parler, & à entendre parler de lui, & lui raporter toutes ses affections, ses pensées, & ses actions; ce que l'on ne sçauroit omettre sans quelque peché.*

Or, sans recourir à la preuve que vous fournissent, Monseigneur, les * prieres qui sont mises à la fin du Catéchisme de

* Voici ce qu'on lit dans les prieres qui sont à la fin de l'Abregé de l'ancien Catéchisme de Sens : ,, Vous nous ordonnez, Seigneur, par votre Apôtre, *que toutes nos actions soient faites en esprit d'amour & de charité ; que soit que nous mangions,*

M. de

M. de Gondrin qui ont raport à cet endroit, & qui en marquent non-feulement le fens, mais encore qu'on a eu envie
d'exprimer cette obligation de la maniere la plus claire qu'il feroit poffible : fans s'arrêter au fens naturel & unique de ces paroles, *raporter toutes fes actions à Dieu*, qui ne fignifient autre
chofe qu'aimer Dieu dans toutes fes actions, & les faire par le
motif de fon amour : trois réflexions fimples fe préfenteront
toûjours à l'efprit de tous ceux qui liront cet endroit du Catéchifme de Sens donné par M. de Gondrin.

La premiere eft : Que fi, ce que le Catéchifme prefcrit de
faire pour aimer Dieu, comme il le commande, eft fait *fans
amour*, & n'eft pas l'effet de cet amour que Dieu commande,
ce ne fera pas aimer Dieu que de le pratiquer : car il eft vifible,
& tout le monde comprend que ce n'eft pas aimer, que de faire
quelque chofe *fans amour*. Donc le Catéchifme de Sens prefcrit non-feulement de raporter à Dieu toutes fes actions, mais
encore de le faire par l'impreffion de l'amour qu'il nous commande.

La feconde réflexion eft : Que fi, comme M. de Sens le prétend, il fuffifoit, felon le Catéchifme de Sens, de raporter fes
actions à Dieu par tout autre bon motif différent de l'amour,
par exemple, par *la crainte*, on pourroit exprimer ces motifs,
& dire : Pour aimer Dieu, comme il le commande, il faut lui
raporter toutes fes actions par la crainte. Or qui ne feroit révolté
d'une pareille abfurdité, difons mieux, d'une telle impieté ? Car
ce feroit dire que pour aimer Dieu, comme il le commande, il
fuffit de craindre fes châtimens, & d'agir par crainte fans l'aimer ; & que de craindre fes châtimens, c'eft l'aimer.

La troifiéme enfin eft : Que fi le Catéchifme de M. de Gondrin, n'enfeigne pas l'obligation de raporter à Dieu toutes fes
actions par l'impreffion de fon amour, pourquoi M. l'Archevêque accufé par fes Curés de combattre la doctrine de leur Catéchifme fur cet article, n'a-t'il pas inféré dans fon nouveau
Catéchifme cet endroit de l'ancien, au lieu de ces paroles qu'il
à fubftituées : *Pour bien remplir le commandement de la chari-*

Let. Paft. de M. de Sens, pag. 20. 21.

Nouveau Ca-

„ ou que nous beuvions, ou que nous faffions quelque autre chofe, le tout foit fait en
„ votre nom & pour votre gloire. „ On fait obferver à la tête de ces prieres qu'elles
contiennent les principaux points du Catéchifme en abrégé „ & qu'on en a marqué la plûpart en lettres italiques, afin qu'on y faffe attention. Or ces termes
amour & *charité* font marqués en lettres italiques.

téchifme de
Sens , Lec.
xlvi. p. 85.

*té ; il faut produire fréquemment des actes d'amour de Dieu ,
penser à son infinie bonté , se plaire à parler , & à entendre parler de lui , & lui* OFFRIR SOUVENT *par amour toutes
ses affections , ses pensées , & ses actions.*

Il a donc senti la difference de ces deux manieres de s'exprimer ; c'est-à-dire que l'ancien Catéchisme étendoit le précepte de la charité à toutes les actions sans aucune exception,
à peine de quelque peché , & que le nouveau le restraint , (qui
est ce que l'on ne cesse de reprocher au nouvel Archevêque,)
en *n'obligeant que* SOUVENT *à offrir ses actions à Dieu
par amour.* Et de bonne foi , étoit-ce là le moyen de persua-
der au public , & en particulier à ses Curés allarmés , qu'il
pense sur cette matiere comme ses Prédécesseurs , que de sub-
stituer aux termes dont ils se sont servis pour marquer l'étenduë du précepte , des expressions qui le restraignent manifestement.

Il a donc réellement voulu changer le Catéchisme de Sens
sur cet article important , conformément à son nouveau sistême
qu'il a prétendu autoriser par ce changement.

Enfin dans la TROISIE'ME PARTIE , aussi-bien que dans les
autres , vous réfutez solidement les prétendus solides fondemens
sur lesquels on appuye la censure que l'on prononce , & qu'on
réitere contre la sainte maxime qui nous oblige à raporter toutes nos actions à Dieu par quelque impression au moins virtuelle
de charité.

Puisque je suis déja entré dans quelque discussion , je ne
craindrai plus , Monseigneur , de vous faire une lettre trop longue , & vous me permettrez de vous communiquer à mon tour ,
une partie des réflexions que j'ai faites sur la Lettre Pastorale qui
nous a été adressée. Elle renferme un sistême qui ne me paroît
appuyé que sur de fausses suppositions , sur des raisonnemens
absurdes , sur des autorités mal employées , & qui est rempli de
choses si contradictoires , qu'il se combat perpétuellement lui-
même. Je vais rassembler tous ces défauts comme sous un coup
d'œil.

FAUSSES SUPPOSITIONS.

Voici donc d'abord les fausses Suppositions qui se font sentir
dans la nouvelle Lettre Pastorale , & sur lesquelles tout le sistême & les raisonnemens de l'Auteur paroissent rouler.

I°. L'on suppose qu'il peut y avoir, & qu'il y a en effet d'autre véritable & sincere amour de Dieu que la charité ; & que l'amour de Dieu & la charité ne sont pas des termes sinonimes.

PREMIERE
FAUSSE SUP-
POSITION.
Let. Past. de
M. de Sens,
p. 25. & 26.
&c.

Il est néanmoins bien certain qu'il n'y a & ne peut y avoir d'autre véritable amour de Dieu, que la charité.

Car premierement la Religion ne connoît point d'autre amour de Dieu que celui qui nous est commandé par le prémier précepte : *Tu aimeras le Seigneur ton Dieu*, &c. Or c'est la charité même qui est commandée par ce précepte. Il n'y a qu'un seul & même précepte de l'amour qui ne distingue rien : *Tu aimeras*. Il n'y a donc rien de distingué dans la chose commandée. Et pour peu qu'on commence à accomplir le précepte, & à aimer Dieu, on commence à avoir la charité.

II°. Si nous regardons l'amour & la charité du côté de leur principe, nous n'y trouverons encore aucune différence. La grace qui répand la charité dans nos cœurs, est l'inspiration de l'amour : c'est le même esprit d'amour & de charité qui l'inspire du fond même des cœurs ; & le cœur qui aime n'est pas différemment disposé. C'est donc la même chose.

III°. C'est le même objet dans l'un & dans l'autre. Qu'est-ce qu'on apelle charité, sinon le sincere amour de Dieu ? Il y a differens amours, parce qu'il y a differentes choses aimées. Ainsi l'amour en general n'est pas la charité ; mais l'amour de cet Etre unique & parfait, qui est Dieu, c'est la charité.

IV°. On peut s'exciter à aimer Dieu par differentes considérations, & par differens motifs. Dieu est parfait, il est notre vrai bien, il est liberal, bon, miséricordieux, il nous aime, il nous a choisis par pur amour, par pure bonté, il nous a comblé de bienfaits. Ce sont là autant de motifs d'aimer Dieu. On peut même mettre par l'esprit un certain ordre entre ces motifs, comme on fait dans l'école, & distinguer par abstraction quel est le premier ; mais toutes ces considérations, & tous ces motifs sont le même Dieu consideré de differentes manieres, qui se réünissant toutes à former une idée plus complette de l'excellence incommunicable de Dieu & de sa souveraine perfection, concourent toutes à la plénitude de la charité ; bien loin de former des amours de differente espece : & dès-là que Dieu même nous prescrit tous ces motifs en nous imposant le précepte de la charité, comme on le verra bien-tôt, la charité les comprend tous, & n'en exclut aucun. Il n'y a donc encore aucune distinction du côté des motifs. B ij

V°. Tout amour de Dieu pour lui-même, & comme fin derniere, c'est-à-dire, comme le bien souverain où l'ame se repose, & qu'on ne raporte point à un autre objet que l'on desire,
est constamment charité, & on ne peut s'en former une idée
plus juste. Or tout amour de Dieu est tel, ou ce n'est pas l'amour
de Dieu, mais l'amour d'un autre objet. Car si l'on n'aime pas
Dieu pour lui-même, si on l'aime par raport à soi, ou à quelqu'autre objet que l'on desire, c'est l'amour de soi-même que
l'on a, ou de cet autre objet. C'est même un amour très-per-
vers & très dereglé, puisqu'on cherche Dieu pour parvenir à un
autre objet dans lequel le cœur se repose, & où il place son bien,
auquel par conséquent on raporte Dieu comme un moyen à sa
fin, & comme un bien inferieur à un bien superieur.

VI°. D'où pourroit donc naître la distinction qu'on imagine entre l'amour de Dieu, & la charité? Seroit-ce de ce que l'un
peut être le fruit des efforts du libre arbitre, & que la charité
ne peut être que l'effet de la grace? Mais ce seroit une erreur
Pélagienne de le penser, & je n'ai garde de l'imputer à un
Evêque. On sçait ce raisonnement court & péremptoire de
Saint Augustin. *Si l'amour de Dieu vient de nous, les Pélagiens ont raison* (en soutenant que la grace n'étoit pas nécessaire;) *mais si c'est Dieu qui l'inspire, les Pélagiens sont vain-
cus: or, la charité vient de Dieu, selon l'Apôtre.* Certainement S. Augustin ne pensoit pas qu'on pût imaginer cette distinction, & elle ne vint pas dans l'esprit aux Pélagiens: & en
effet ce seroit une manifeste contradiction de dire que la même
chose pourroit venir de nous, & n'en pourroit pas venir. Or,
l'amour & la charité seroient parfaitement la même chose au
fond, dès qu'elles ne differeroient que parce que l'un viendroit
de nous, & que l'autre n'en pourroit venir.

Cette distinction viendroit-elle des differens degrez, & des
differens états? Mais ces degrez & ces états sont communs à
l'un & à l'autre. La charité comme l'amour a ses degrez, son
commencement, son accroissement & sa perfection, son acte &
son habitude; & on dit de la charité tout ce qu'on dit de
l'amour de Dieu, & réciproquement. Il n'y a donc point de
distinction de ce côté-là, & la chose signifiée par les termes
d'amour de Dieu, & de charité, est précisément la même, &
par conséquent ces termes sont sinonimes.

VII°. En effet, quoique chacun entende & sente dans son

S. Aug. de
la gr. & du
lib.arb. chap.
18.

cœur ce que c'eſt qu'aimer, on explique cependant l'amour par les termes d'union & d'attachement du cœur à ſon objet. C'eſt ainſi que Dieu explique lui-même l'amour qu'il nous comman-de d'avoir pour lui, & par conſéquent c'eſt l'explication la plus naturelle. *Vous craindrez, vous reſpecterez le Seigneur votre Dieu, vous le ſervirez, & vous lui ſerez attaché,* ipſi adhærebis. C'eſt auſſi ce qui faiſoit dire à David : *Mon bien eſt d'adherer à Dieu. Mihi autem adhærere Deo bonum eſt.* L'amour de Dieu eſt donc l'union, l'adhéſion, l'attachement du cœur à Dieu, comme au vrai bien, au bien parfait d'où émane tout bien & toute perfection. C'eſt un tranſport de l'ame qui ſort d'elle-même toute entiere pour s'unir à Dieu, qui eſt heureuſe de ce que Dieu eſt, & de ce qu'il eſt heureux : en un mot qui met ſa joye, ſon bien & ſon repos en Dieu. Or, je défie qu'on puiſſe donner une autre idée de la charité, puiſque Dieu même n'en donne point d'autre, & qu'en effet ce n'eſt qu'un terme different qui en toute langue ſignifie la même cho-ſe que le terme d'*amour de Dieu.*

C'eſt ſur cette fauſſe ſuppoſition qu'eſt fondé le reproche que fait M. l'Archevêque de Sens à l'Auteur de l'Avertiſſement qui eſt à la tête de la Lettre imprimée des Curés du Diocéſe de Sens, d'avoir ſubſtitué le terme d'*amour de Dieu* à celui de *cha-rité;* comme ſi c'étoit changer la theſe & la queſtion, & comme ſi ſa cenſure en pouvoit paroître plus tolerable, & l'allar-me des Curés moins fondée.

On ſuppoſe II°. que l'amour de Dieu n'eſt charité, que lorſqu'on conſidere Dieu préciſément comme bon en lui-même ſans aucun raport à nous.

SECONDE
FAUSSE SUP-
POSITION.

Quoique cette fauſſe ſuppoſition ſoit déja réfutée par ce que je viens de dire, il eſt bon de l'aprofondir ici encore davantage à cauſe de l'importance du ſujet.

Let. Paſt. de
M. de Sens. p.
22, & 23. &c.

J'obſerve d'abord que M. de Meaux a regardé cette opinion comme une maxime fondamentale, & comme la premiere ſource des erreurs des nouveaux Quiétiſtes, & que c'eſt pour cela qu'il s'eſt ſi fortement attaché à la combattre & à la réfuter. Il a démontré que l'amour de Dieu conſideré comme bon pour nous, comme notre ſouverain bien, notre félicité & notre ré-compenſe éternelle, eſt un amour très-chaſte, très-pur, & la vraie charité. Il va même juſqu'à dire, (& il ne dit rien de trop) que c'eſt une vérité immuable de la foi. On peut voir ſur

Deuter. x. 20.

Pſ. 72.

Schola in tuto.

Etats d'oraison, IV. Ecrit. p. 135. 136.& autres. cela tous ses ouvrages contre le Quiétisme, & même ses autres écrits ; car il n'y en a presque point où il n'inculque cette doctrine, que ce grand homme si versé dans cette matiere, regardoit comme essentielle à la Religion & à la vraie pieté. Il est bien triste, après la condamnation si unanime, si solemnelle des erreurs des nouveaux Quiétistes de nos jours, de voir un Archevêque de Sens insinuer dans une Lettre Pastorale une maxime fondamentale de ces faux Mistiques, avec la même confiance que le dogme catholique.

Je dis en second lieu après M. de Meaux, que ces deux motifs, Dieu consideré comme bon en lui-même & comme bon pour nous, c'est-à-dire comme cause, principe & objet de notre béatitude, en un mot, comme parfait & comme se communiquant à nous, font 1o. des motifs essentiels à la charité. 2o. Que ces deux motifs sont inséparables. 3o. Qu'ils ne font qu'un seul & même motif.

Io. Ces deux motifs sont essentiels à la charité, parce qu'ils sont également compris dans le commandement que Dieu Deut. VI. 5. nous en a fait : *Tu aimeras le Seigneur ton Dieu.* Le Seigneur *Jehova* ; c'est ce grand nom de quatre lettres qui est regardé dans la langue sainte comme le nom propre de Dieu, & qui veut dire celui qui est, & celui qui vit : celui qui est toujours, & qui est tout, l'éternel & le parfait, qui est heureux, & le seul puissant. A ces mots : *Tu aimeras le Seigneur,* le précepte ajoûte *ton Dieu* : où il ne faut pas seulement entendre qu'il est notre créateur, & notre maître absolu, comme il l'est de toutes les autres créatures ; mais qu'il est *notre Dieu* de cette maniere spéciale qui lui fait dire à lui-même en parlant à Abraham : Genes. XVII. 7. Exod. XIX. 5. 6. *Je serai ton Dieu, & de toute ta postérite, après toi.* Et dans l'Exode : *Vous serez mon bien, mon domaine & ma possession particuliere parmi toutes les Nations ; car toute la terre est à moi ; mais vous en particulier vous me serez un royaume sacerdotal, une nation sainte.* Et dans le Deuteronome : *Un* Deuter. VII. 6. 7. *peuple saint au Seigneur,* qui lui sera singulierement consacré : *Un peuple que j'ai choisi pour m'être un peuple parmi tous les peuples qui sont sur la terre.* Et dans Jérémie, dont le té- Jerem. XXXI. 33. Hebr. VIII. 10. moignage est répété par Saint Paul : *Je leur serai Dieu, & ils me seront peuple.* C'est donc en ce sens que le Seigneur est appellé notre Dieu par l'alliance qu'il a faite avec nous ; & l'effet de cette alliance est non-seulement qu'il nous fait siens, son propre domaine, son royaume particulier , mais encore qu'il se fait nôtre, qu'il se donne à nous, selon ce que dit David : *Dieu est mon partage éternellement.* Ce qui nous ramene à l'origine de l'alliance où Dieu dit à Abraham : *Je suis ton Dieu, ton protecteur, & ta trop grande récompense.* Ce qui montre qu'il est notre bien ; non-seulement comme celui qui se donne liberalement lui-même ; mais encore comme celui qui se donne à nous à titre de récompense & d'acquisition.

Pf. lxxii. 26.

Genes. xv. 1.

C'est dans ce sens énergique que David répete sans cesse : *O Dieu qui êtes mon Dieu, mon protecteur & mon héritage ; vous êtes le Seigneur mon Dieu. O Dieu, mon Dieu, c'est pour vous que je veille :* Et dans ce beau Pseaume où il exprime si bien son amour en commençant par ces mots : *Je vous aimerai, ô Dieu, qui êtes ma force, mon appui, mon réfuge, mon Dieu, mon secours ;* où il ne cesse de répeter avec un goût admirable, *Que Dieu est son Dieu,* & conclut enfin en disant : *Vive le Seigneur, beni soit mon Dieu :* ce qu'il interprete lui-même : *Que le Dieu de mon cœur soit exalté,* ou comme il l'explique encore : *notre Dieu, c'est le Dieu dont le propre est de sauver :* où il ne faut pas seulement entendre qu'il est l'auteur de nôtre salut, mais qu'il est lui-même le bonheur & le salut de ceux qui l'aiment, comme le même David le répete cent & cent fois.

Pf. xv. 6.
Pf. lxii. 1.

Pf. XVII. 1.

Voilà donc par toute la suite des divines Ecritures la véritable intelligence de cette parole : *Tu aimeras le Seigneur ton Dieu,* c'est-à-dire, *tu aimeras le Seigneur* qui se donne à toi, & que l'on doit d'autant plus aimer, que n'ayant besoin d'aucun de nos biens, puisque non-seulement il a tout, mais encore qu'il est tout, il se donne à nous tout entier.

C'est encore ce qui est prouvé par cet endroit de l'Exode, où Dieu après avoir dit : *Celui qui est m'envoye à vous,* pour s'approcher de nous davantage, ajoûte aussi-tôt : *Le Seigneur Dieu de vos peres, le Dieu d'Abraham, le Dieu d'Isaac, le Dieu de Jacob m'envoye à vous.* Le Dieu qui vous a choisis dans vos peres, & vous a pris pour son héritage, comme il a voulu être le vôtre, & votre propre possession, m'envoye à vous pour vous tirer de la servitude où vous êtes.

Exod. III. 15.

Saint Paul nous enseigne qu'il est leur Dieu, le Dieu d'Abraham, d'Isaac, & de Jacob : *Parce qu'il leur a préparé une Cité.* Il est donc le Seigneur notre Dieu, parce qu'il nous a

Hebr. xi.16.

préparé une demeure éternelle. C'eſt donc là un motif qu'il nous donne lui-même pour l'aimer.

Ceux qui veulent imaginer des ſentimens intereſſés & moins purs, à aimer Dieu par les motifs qu'il donne lui-même à cet amour dès la troiſiéme parole de la loi, où il le commande, doivent comprendre que ce qui forme cette Cité permanente, cette céleſte Jeruſalem, c'eſt la viſion de paix, qui eſt la propre ſignification du nom de cette ville ſainte. C'eſt la demeure de Dieu en nous, & de nous en Dieu ; c'eſt que cette Cité bien-heureuſe *eſt le tabernacle de Dieu avec les hommes ; & il demeurera avec eux, & ils ſeront ſon peuple ; & Dieu demeurera en eux, & ſera leur Dieu.*

Apoc. XXI. 3.

Ainſi aimer le Seigneur comme notre Dieu ; c'eſt l'aimer comme le Seigneur demeurant en nous & nous en lui, le poſſedant & en étant poſſedé ; enfin comme celui qui eſt tout en tous, & qui ſera, étant vû tel qu'il eſt en lui-même, éternellement & parfaitement aimé, parce qu'il ſera auſſi éternellement & parfaitement vû tel qu'il eſt en lui-même ; ce qui induit qu'il ſera auſſi aimé tel qu'il eſt ; de ſorte que déſirer la ſainte Cité, c'eſt déſirer de l'aimer véritablement, & tel qu'il eſt en lui-même.

C'eſt donc en même tems déſirer ſa plus grande gloire. Il n'eſt parfaitement loüé que par les ames bien-heureuſes qui l'aiment & qui le voyent face à face. C'eſt donc là en même tems ſa plus grande gloire. C'eſt ce regne éternel dans les cœurs ; ce regne dont il eſt écrit : *Ils raconteront la gloire de votre regne. Votre regne eſt un regne éternel.* C'eſt ſon regne que nous demandons, lorſque nous lui diſons tous les jours : *Que votre regne arrive.* D'où il s'enſuit qu'aimer Dieu non-ſeulement comme Dieu, mais encore comme nôtre, c'eſt l'aimer comme font les Saints ; & finalement tout raporter à ſa gloire. C'eſt ce qui eſt encore clairement prouvé par ce bel endroit du Deuteronome, où Dieu apporte pour motif de l'amour qu'il demande, celui qu'il a eu pour nous, & dont il nous a donné tant de marques. Il faut donc aimer Dieu non-ſeulement, comme un Dieu parfait en lui-même, mais encore comme un Dieu qui veut bien s'unir à nous par une union réciproque, qui croîtra juſqu'au point qu'il ſe donnera tout entier à nous par la viſion de ſa face, & par un amour éternel & parfait ; puiſque l'obligation qu'il nous impoſe de l'aimer eſt fondée ſur ces deux motifs les plus engageants qu'on puiſſe comprendre.

Pſ. CXLIV. 11. & 13.

Deuter. X. 12. 15.

Je dis

Je dis 2°. (& c'eſt une conſéquence néceſſaire de ce que je viens de montrer), que ces deux motifs ſont inſéparables, & que quand par abſtraction & dans certains tranſports on pourroit ne pas penſer actuellement à tous les deux, on n'en peut exclure aucun de l'acte d'amour de Dieu, puiſqu'on les voit ſi étroitement & ſi inſéparablement unis dans le précepte.

3°. Nous devons même penſer, (& c'eſt une autre conſéquence,) que ces deux motifs ne font enſemble qu'un ſeul & même motif d'amour de Dieu ; puiſque l'un eſt toujours compris dans l'autre, comme je le viens de montrer ; & que l'un & l'autre font enſemble le fondement de cet amour ſans bornes qui nous eſt commandé, qui ne peut par conſéquent ſans crime ſe donner des bornes, & qui ſera toujours au-deſſous de notre obligation, quelques efforts que nous faſſions pour y ſatisfaire tous les jours de plus en plus.

Et en effet qu'eſt-ce qu'aimer Dieu en lui-même & comme ſouverainement parfait, ſinon trouver ſon bonheur, ſa joye, ſon bien & ſa félicité dans la ſouveraine perfection de Dieu, & être heureux de ce que Dieu eſt heureux ? Car c'eſt-là ce qu'on doit apeller *amour*, & non pas l'idée & la vûë de l'eſprit ſur l'excellence & la gloire de celui qu'on dit qu'on aime : Et qu'eſt-ce qu'aimer Dieu comme notre ſouverain bien & comme notre béatitude, ſinon l'aimer comme celui dont l'amour eſt notre félicité ? L'amour de la gloire de Dieu & de ſa perfection eſt donc formellement l'amour de notre bien ; & c'eſt formellement notre félicité : & réciproquement l'amour de Dieu comme notre béatitude & notre ſouverain bien, eſt l'amour de ſa perfection & de ſa gloire, qui fait le bien de l'ame, bien dont elle joüit & qu'elle poſſede à proportion de ce qu'elle l'aime.

Que ſi Dieu conſidéré comme bon pour nous, comme ſe communiquant à nous comme cauſe, principe & objet de notre béatitude, eſt un motif pur de charité ; il s'enſuit que le deſir de connoître & d'aimer Dieu, de le poſſeder & d'en joüir, le deſir de la juſtice, de la ſainteté, en un mot de tout ce qu'il opere en nous pour nous conduire & nous unir à lui, eſt un mouvement de charité, ou parfaite, ſi l'on eſt déja juſtifié, ou commencée, ſi l'on ſe prépare à la juſtification ; c'eſt même formellement le deſir de la gloire de Dieu, comme je l'ai montré.

C'eſt par cette fauſſe ſupoſition que M. l'Archevêque de Sens

C

paroît vouloir colorer fa cenfure : c'eft en excluant de la charité tout amour qui envifageroit Dieu comme bienfaifant , & comme nôtre bien , qu'il prétend donner le change, comme fi on pouvoit excufer des excès par de nouvelles illufions auffi dangereufes que les premieres.

III°. On fuppofe que l'amour qui anime la foi & l'efperance chrétienne , n'eft pas un amour de même genre que la charité.

Or il eft bien évident que ces vertus font tendre à s'unir à Dieu ; & qu'eft-ce que cette tendance , finon un mouvement de l'efprit de charité , & un commencement de la fainte dilection ; comme M. de Meaux nous le dira dans la fuite ?

Que fi on confidere ces vertus dans les pécheurs qui fe préparent à la juftification , il eft vifible qu'elles renferment le defir de connoître & d'aimer Dieu , le defir de s'unir à lui & de fe réconcilier à lui , le defir de la charité & de la juftice : ce qui eft comme je viens de le montrer , un commencement de la charité. C'eft donc n'avoir point de jufte idée de la foi & de l'efperance chrétienne , que de les déppuiller de tout mouvement de charité ; ou plûtôt , c'eft toujours fe tromper fur la nature de la charité même. C'eft parce que l'on commence à aimer Dieu pour lui-même, que l'on adhere à fa vérité , qu'on defire de l'aimer de tout fon cœur , & qu'on efpere d'obtenir fon amour & la rémiffion des péchés , & d'en obtenir la perféverance par la grace , & la confommation par la gloire. Et ce defir n'eft-il pas réellement le defir du regne & de la gloire de Dieu , & par conféquent le commencement de la charité ? En forte qu'il eft toujours vrai que c'eft la charité ou commencée ou formée , *qui croit & qui efpere* , comme le dit Saint Paul, I. Cor. 13.

IV°. On paroit fuppofer auffi que la charité n'a pas fes commencemens & fon accroiffement , avant que d'avoir fa perfection , & d'être juftifiante ; ou que l'on ne peut agir par le motif & par l'impreffion de la charité , que lorfqu'elle eft juftifiante ; ou que l'on ne doit appeller de ce nom que la charité juftifiante. Car dès-là que l'on conclut nettement que fi l'on étoit toujours obligé d'agir par le motif de la charité , toutes les actions du pécheur feroient des péchez , il faut néceffairement que l'on fuppofe l'une de ces trois chofes.

Or il eft très-certain , 1°. Que communément la charité

a ſes commencemens & ſon progrès avant que d'arriver à ſa perfection ; que le Saint Eſprit la forme dans le cœur par dégrés ; qu'il ne conduit à l'habitude que par les actes qu'il en fait faire, & que c'eſt par ces actes que les pécheurs ſe préparent à la juſtification.

2°. Il n'eſt pas moins certain que l'on peut agir par le motif & par l'impreſſion de la charité commencée. Le déſir de ſe réunir à Dieu, le déſir de la charité parfaite & juſtifiante anime les vrais pénitens à faire toutes les œuvres par leſquelles ils ſe diſpoſent à leur réconciliation. La charité même formée & dominante, mais encore ſeulement actuelle, ſe trouve en eux, & les anime avant leur juſtification. C'eſt de-là que naît le *propos ferme & conſtant d'accomplir les commandemens*, & en premier lieu celui de la charité.

Conc. Trident. Seſſ. VI. c. 6.

3°. Enfin on a toujours donné & on donnera toujours le nom de charité, *à la charité commencée*, comme à la charité parfaite : & je ne comprens pas comment on peut conteſter un fait auſſi notoire. Sans cette notion générale de la charité, qui comprend tout amour de Dieu pour lui-même, ſoit commencé, ſoit parfait, le langage de l'Ecriture ſeroit inintelligible, & même rempli d'erreurs ; & la Tradition ne ſeroit plus qu'une continuelle broüillerie. On ſçait combien ces termes *inchoatio charitatis*, *inchoata charitas*, ſont familiers à Saint Auguſtin & à Saint Thomas : on a toujours dit que les bonnes œuvres ne ſe font que par le mouvement de la charité, & que les pénitens font & doivent faire de bonnes œuvres. Et pourquoi n'appelleroit-t-on pas charité, la charité commencée, auſſi-bien qu'on apelle amour, l'amour commencé, puiſque l'amour de Dieu, c'eſt la charité même, & que tout ce qui eſt dit de l'un eſt commun à l'autre.

En effet ſi les termes d'*amour de Dieu* & de *charité* ſont ſinonimes, comme nous l'avons montré, il faut néceſſairement que dans l'uſage tout ce qui peut s'apeller amour de Dieu, s'apelle auſſi charité, & réciproquement : autrement ces termes ne ſeroient pas ſinonimes, & ils ſignifieroient différentes idées & différentes choſes. Auſſi voyons-nous que l'uſage eſt d'apeller ſimplement amour de Dieu la charité juſtifiante, ainſi qu'on apelle ſimplement charité, l'amour juſtifiant ; & comme il ne s'enſuit pas du premier que le nom d'amour de Dieu ne ſe donne qu'à la charité juſtifiante, puiſqu'il eſt inconteſta-

C ij

ble qu'on apelle auffi fimplement amour de Dieu l'amour commencé : il ne s'enfuit pas non plus du fecond, que le nom de charité ne fe donne qu'à l'amour juftifiant, & il eft conftant qu'on apelle & qu'on doit apeller auffi charité l'amour commencé. Ainfi l'unité d'idée & de chofe fignifiée par ces deux termes, induit néceffairement l'ufage de les employer indifféremment l'un pour l'autre : comme l'ufage de les employer indifféremment prouve l'unité d'idée & de chofe fignifiée.

C'eft pourquoi M. de Meaux qui connoiffoit bien le langage de la foi catholique & de la pieté, & qui employe partout ces termes indifféremment, affure que *c'eft un langage établi de comprendre fous la charité tout ce qui prépare à la recevoir* : comme ç'en eft un de comprendre fous l'amour tout ce qui y prépare ; c'eft-à-dire, de donner le nom d'amour & de charité à l'amour & à la charité commencée.

Juftification des Refl. Morales, §. 20. p. 80.

Car le commencement de l'amour ne mérite pas plus le nom d'amour, que le commencement de la charité celui de charité ; puifque l'amour commencé n'eft pas plus amour que la charité commencée n'eft charité ; n'étant l'un & l'autre que le mouvement vers l'amour, la tendance à l'amour, & comme parle l'Ecole, l'amour *in fieri*.

En un mot, l'amour de Dieu (par où l'on entend toujours l'amour véritable, légitime & reglé,) & la charité étant parfaitement la même chofe, & dans le commencement, & dans le progrès, & dans la perfection, l'ufage de ces termes ne peut & ne doit point être différent ; autrement ce feroit induire le monde en erreur. Et fi le terme de *charité* fe prend tantôt dans un fens plus étendu, tantôt dans un fens plus reftraint, ce qui s'entend par les circonftances du difcours, ou par une addition qui le reftraint, lorfqu'on veut éviter toute équivoque, le terme d'amour fe prend auffi de même. C'eft ce qui arrive à tous les mots employez pour fignifier une chofe, qui, quoique la même, a néanmoins differens dégrés & differens états, felon lefquels elle a auffi differens effets : tels font les termes de grace, de foi, d'homme, d'arts, &c. ce qu'il feroit aifé de juftifier par une infinité d'exemples & par l'ufage conftant du langage felon lequel on dit de toutes ces chofes énoncées indéfiniment & fimplement ce qui ne leur convient que felon leurs differens dégrés & leurs differens états, comme on dit que c'eft la charité qui fait le commencement, le progrez, la perfection & la confommation de la juftice.

Vº. On suppose encore qu'on ne peut raporter ses actions à Dieu par le principe & par l'impression de la charité, sans faire un acte explicite de charité, & sans que le motif propre de la charité vienne dans l'esprit.

CINQUIEME FAUSSE SUP- POSITION. Let. Past. de M. de Sens. p. 23. 24. 26. 27. &c.

Cependant qui peut ignorer que l'on peut agir par l'impression de la charité, soit parfaite, soit commencée, sans produire d'acte explicite, & sans penser actuellement à Dieu ? C'est ce qu'on apelle agir par l'impression virtuelle de la charité, avoir l'intention virtuelle & raporter virtuellement son action à Dieu. Tous les amours ne sont-ils pas principes de beaucoup d'actions sans que l'on y fasse réflexion, & sans même que l'on pense actuellement à leur objet ? L'amour de la béatitude n'influe-t-il pas dans toute action ? Néanmoins fait-on toujours réflexion que l'on veut être heureux ?

VIº. On suppose enfin qu'une action est exempte de tout péché, & véritablement méritoire, dès-là qu'elle est faite dans l'état de grace & dans l'habitude de la charité, sans que la charité influe dans cette action, & qu'elle en soit le principe en aucune façon. Ce qui est certainement une erreur.

SIXIEME FAUSSE SUP- POSITION. Let. Past. de M. de Sens. p. 23.

La charité ne seroit donc plus la racine du mérite, & on pourroit mériter sans accomplir le grand commandement de l'amour. * Car il faut bien observer, dit M. de Meaux en » expliquant le premier Commandement, que c'est l'acte & » non l'habitude de l'amour qui est commandé par le premier » précepte : *Que ferai-je*, disoit le Docteur de la loi, *pour* » *obtenir la vie éternelle ? Que ferai-je ?* Il sentoit bien » qu'il falloit faire quelque chose de grand: & après lui avoir ra- » porté le précepte de l'amour de Dieu, J. C. lui répond selon » sa pensée : *Faites cela & vous vivrez ; hoc fac & vives.* » Après cette décision, continue M. de Meaux, il n'est pas » permis de douter que le dessein du précepte de l'amour, & » ce qu'on y doit entendre d'abord, ne soit primitivement & » directement l'obligation d'en exercer l'acte ; d'autant plus que » l'habitude elle-même est faite pour l'acte, où consiste la per- » fection. C'est même ordinairement par les actes qu'elle se » forme : & s'il plaît à Dieu de créer en nous l'habitude du » saint amour par une infusion miraculeuse, ce seroit une ma- » nifeste impiété de croire qu'il nous la donnât d'une maniere » si admirable, pour nous exempter de l'exercer. Cette doc- » trine est fondamentale en cette matiere, & nous nous en

* Manufcrit original de M. de Meaux sur l'Amour de Dieu.

» fervirons bientôt pour condamner des erreurs fouvent ana-
» thematizées par l'Eglife. »

On ne, fatisfait donc au grand commandement de l'amour,
qu'en exerçant l'acte d'amour, ou en agiffant par fon impreffion;
ce qui eft, comme nous le verrons dans la fuite, équivalent à
l'acte, & fuffifant pour le mérite.

Mais dans cette action où la charité n'influëra pas, quel
amour en fera le principe? » Car l'amour eft le maître du cœur,
» dit encore M. de Meaux : C'en eft le premier mobile. *Parmi*
» *tous nos fentimens l'amour eft celui*, dit faint Bernard, *qui*
» *captive & entraine à lui tous les autres.* D'où M. de Meaux
» conclut que nous devons à Dieu qui eft le maître & le Souve-
» rain, la maîtreffe de nos affections, & que c'eft par elle feule
» que nous pouvons rendre à Dieu l'hommage & la fervitude
» que nous lui devons. » Dès-là donc que l'amour de Dieu
ne fera pas le mobile de cette action, elle ne rendra point à
Dieu l'hommage qui lui eft dû. Comment fera-t-elle donc méritoire ? Ce fera donc un autre amour qui en fera le mobile; &
l'habitude de la charité ne l'empêchera pas. Car l'habitude de
la charité quand elle n'eft point actuellement exercée, & qu'elle
demeure oifive, n'empêche pas qu'un mauvais amour ne puiffe
être le mobile de nos actions : autrement un jufte ne pourroit
commettre aucun péché : de même que l'habitude du péché,
ou l'état du péché, n'empêche pas que le bon amour ne puiffe
être le principe & le mobile des actions; fans quoi un homme
en état de péché ne pourroit faire aucune bonne œuvre. Cette
action dont un autre amour que celui de Dieu fera le mobile,
ne fera donc pas rapportée à Dieu. Comment fera-t-elle donc
méritoire ?

Il n'y a donc rien de plus faux que cette derniere fuppofition.

CONTRADICTIONS.

Paffons aux chofes contradictoires que je trouve dans cette
même lettre.

PREMIERE
CONTRA-
DICTION.
Let. Paft. de
M. de Sens,
p. 11.
La premiere eft : Que l'on peut faire une action en vûë de
Dieu, fans la faire par le motif de la charité.

On convient que l'Apôtre ordonne d'agir en toutes nos actions en vûë de Dieu; & on nie qu'il ordonne d'agir en tout
par le motif, & par l'impreffion de la charité. Qu'eft-ce donc

qu'agir en vuë de Dieu, si ce n'est agir dans l'intention de plaire à Dieu, de faire la volonté de Dieu, de parvenir à Dieu? Et n'est-ce pas là agir par la charité?

La seconde est : Que l'on peut raporter une action à Dieu, & n'aimer pas Dieu pour lui-même dans cette action.

SECONDE CONTRADICTION. Let. Past. de M. de Sens. p. 17. 18. 20. 21. 22. &c.

Il y a une extrême différence entre faire une action qui a raport à une fin, & raporter son action à cette fin. On raporte souvent une action à une fin très opposée à celle que l'action a naturellement & par elle-même. Un Prêtre vain & ambitieux raporte tout son ministere à la vaine gloire & à sa fortune, tandis que la fin de ce saint ministere est la gloire de Dieu & le salut des ames. C'est donc l'intention seule de la fin qu'on se propose en agissant, qui y raporte l'action. On n'a donc jamais raporté une action à une fin, sans aimer & sans chercher cette fin dans cette action. Donc raporter une action à Dieu, aimer Dieu dans cette action, chercher Dieu par cette action, faire cette action par amour de Dieu, ce sont des expressions qui signifient précisément la même chose, & qui ne présentent que la même idée.

La troisiéme est : Qu'il y a des vertus qui raportent leurs actes à Dieu sans la charité.

TROISIEME CONTRADICTION. Let. Past. de M. de Sens. p. 18.

N'est-ce donc pas le propre de la charité de raporter un acte à Dieu? Et n'est-il pas évident que dès-là que l'acte est raporté à Dieu, il y a charité? On ne raporte un acte à Dieu comme je viens de dire, qu'entendant à Dieu pour lui-même par cet acte: car si on tendoit à Dieu pour un autre objet, ce ne seroit plus à Dieu qu'on raporteroit cet acte; mais ce seroit à cet autre objet qu'on raporteroit Dieu même. Or tendre à Dieu pour lui-même c'est charité. Il n'y a donc rien de plus contradictoire que de dire, qu'il y a des vertus qui raportent leurs actes à Dieu sans la charité. Il y a ici la même distinction à faire entre la fin de chaque vertu particuliere, & la fin que se propose celui qui l'exerce, celle-ci peut être très différente de l'autre. Et si ce n'est pas la gloire de Dieu qu'on se propose, l'exercice des vertus même, n'est pas réglé comme il doit l'être, & leurs actes sont défectueux.

La quatriéme est : Que les autres vertus n'ont de perfection & de vrai mérite, & ne peuvent obtenir de récompense que par la charité; & que cependant il est faux qu'on ne soit point récompensé de Dieu sans l'acte & le motif propre de la charité.

QUATRIEME CONTRADICTION. Let. Past. de

M. de Sens.
p. 11. 8.

Obténir récompenſe ou être récompenſé , n'eſt-ce donc pas la même choſe? Où la charité peut-elle être ſans ſon motif ? Où enfin les actes des autres vertus , ont-ils leur perfection , & un vrai mérite , ſans que la charité y influë? Nous avons montré que c'eſt une erreur.

CINQUIEME
CONTRA-
DICTION.
Let. Paſt. de
M. de Sens ,
p. 11. 17.
&c.

La cinquiéme eſt : Que l'on eſt obligé ſelon l'Apôtre de faire tout pour la gloire de Dieu ; & que cependant on n'eſt pas obligé de faire toutes ſes actions par le principe & par le commandement de la charité.

Qu'eſt-ce donc qu'agir pour la gloire de Dieu , ſi ce n'eſt pas agir par la charité la plus pure , & la plus ſublime ? Agir pour quelque choſe , c'eſt agir dans l'intention de cette choſe ; & agir dans l'intention de la gloire de Dieu , c'eſt préciſément agir par la charité.

C'eſt ainſi que par des contradictions ſenſibles , & qui ſautent aux yeux , on prétend accorder le langage de la vérité avec les erreurs des nouveaux Caſuiſtes. Ceux-ci étoient de meilleure foi. Ils convenoient qu'agir pour la gloire de Dieu , c'eſt agir par la plus pure charité ; mais ils ſoutenoient contre le ſentiment des Peres que les paroles de l'Apôtre ne renferment qu'un conſeil. Aujourd'hui on convient avec les SS. Peres que l'Apôtre impoſe une obligation à tous les Chrétiens : mais on change les idées de ces expreſſions ; & on ne veut plus qu'agir pour la gloire de Dieu , ſignifie agir par la charité. N'eſt-ce pas là ouvrir la porte à un renverſement & à une confuſion générale ?

SIXIEME
CONTRA-
DICTION.
Let. Paſt. de
M. de Sens.
p. 11. 12. 13.

La ſixiéme eſt : Que l'on peut faire une action pour Dieu, & par raport à Dieu, en agiſſant par la ſeule crainte des peines ſans aucun amour de Dieu.

N'eſt-ce pas dire que ſans aucun amour on agit par amour? Puiſqu'on ne peut avoir d'autre idée de ce que c'eſt qu'agir pour Dieu & par raport à Dieu, que de tendre à Dieu dans ſon action , & par conſéquent la faire par amour de Dieu.

SEPTIEME
CONTRA-
DICTION.
Let. Paſt. de
M. de Sens.
p. 22.

La ſeptiéme enfin eſt : Qu'il faut agir pour Dieu de telle ſorte que Dieu ſoit la fin derniere de toute action ; & que cependant on n'eſt pas obligé d'agir pour Dieu conſidéré comme notre fin derniere.

J'avouë que je ne comprends pas comment on peut tomber dans un pareil égarement. Qu'eſt-ce qu'agir pour Dieu de telle ſorte que Dieu *ſoit la fin derniere de l'action*, ſinon tendre à Dieu dans cette action , & ſe fixer là , ſans raporter Dieu à un

autre

106

autre objet que l'on défire ? Peut-on concevoir autrement ce que c'eſt qu'agir pour Dieu comme pour ſa fin derniere ? En vérité il faut que celui qui écrit de pareilles choſes n'entende pas les termes.

FAUSSES CONSEQUENCES.

C'eſt ſur tout cela que l'on raiſonne. Et voici les raiſonnemens que l'on apelle de ſolides fondemens ; & que j'apelle moi autant de fauſſes conſéquences.

Iº. On paroît conclure que ſi l'on eſt obligé de faire tout par l'impreſſion & par le motif de la charité, toutes les actions du pécheur ſont des péchez.

Cette conféquence eſt manifeſtement fauſſe. Elle eſt fondée ſur les fauſſes ſuppoſitions que je viens de réfuter ; ſçavoir que la charité n'a pas ſon commencement & ſon progrès avant que d'arriver à ſa perfection ; ou que l'on ne peut agir par le motif de la charité que lorſqu'elle eſt juſtifiante : ou enfin que l'on ne doit apeller de ce nom, que la charité juſtifiante. Car dès qu'il eſt certain que le pécheur peut avoir un commencement de charité par lequel il peut agir ; la conféquence que l'on tire ici eſt abſurde. Si l'on en ſent l'abſurdité, pourquoi l'impute-t-on à une ſainte maxime qui ne la renferme pas, ou à des gens qui la rejettent ? Et ſi on ne la ſent pas, où en eſt-on ?

IIº. Dit-on : ſi on péche quand on n'agit pas par l'impreſſion de la charité, on péche quand on agit par la foi & l'eſpérance chrétienne, & par le motif de la récompenſe éternelle.

Cette fauſſe conféquence eſt fondée ſur les fauſſes ſuppoſitions que nous avons réfutées ; que l'amour qui anime la foi & l'eſpérance chrétienne, n'eſt pas un amour de charité ; & que la charité n'a pas pour motif la récompenſe éternelle. M. de Meaux dit, page 465. des Etats d'oraiſon, que *c'eſt une vérité immuable de la foi, que l'amour de Dieu animé par le motif de la récompenſe éternelle, eſt un vrai amour de charité.* Cette récompenſe n'eſt autre que la jouïſſance de Dieu : c'eſt la charité ſeule qui la déſire ; ſi on déſire autre choſe que Dieu, c'eſt un amour déreglé.

IIIº. Si l'amour de charité doit être le principe de nos actions, l'attrition dont parle le Concile de Trente Seſſ. 14. chap. 4. n'eſt pas un don de Dieu ni un mouvement du Saint Eſprit.

Cette conféquence ſuppoſe deux fauſſetés. La premiere, que

PREMIERE FAUSSE CONSEQUENCE.
Let. Paſt. de M. de Sens. p. 8.

SECONDE FAUSSE CONSEQUENCE.
Let. Paſt. de M. de Sens, p. 8. 12. &c.

Voyez M. de Meaux, Inſtruc. ſur les Etats d'oraiſon avec les additions depuis la page 437. juſqu'à la fin : & ſes ouvrages contre Monſieur de Cambray.

TROISIEME FAUSSE CONSEQUENCE.

D

cette attrition qui eſt conçuë par la conſidération de la laideur du péché, & par la crainte qui eſt jointe à la foi, ſi elle exclut la volonté de pécher, & renferme l'eſpérance du pardon, eſt ſans aucun commencement de charité. Ce qui aſſurément ne peut être, ni ſe concevoir : puiſque outre la volonté de ne plus pécher, qui eſt elle-même *un commencement de charité*, cette crainte eſt jointe à des actes de foi & d'eſpérance, qui ſont *le fondement de la converſion, & le commencement de la ſainte dilection*, ſelon M. de Meaux. La ſeconde, que tout don de Dieu eſt ſuffiſant pour donner à une action toute la perfection qu'elle doit avoir ; & que l'on ne peut abuſer d'aucun don de Dieu ; ce qui néanmoins n'eſt que trop ordinaire, ou plutôt ce qui arrive toujours, quand il n'y a aucun commencement de charité : puiſque c'eſt la charité qui en fait faire un bon uſage en le raportant à Dieu ; & que où il n'y a aucun commencement de charité, *il n'y a que de l'amour propre qui raporte tout à ſoi, & Dieu même* ainſi que l'enſeigne M. de Meaux.

Que le raiſonnement dont il s'agit ſuppoſe ces deux fauſſetés, la choſe eſt évidente. Si l'attrition dont parle le Concile de Trente renferme un commencement de charité, on ne peut plus l'alléguer pour montrer que la charité n'eſt pas néceſſaire : & ſi elle ne le renferme point, on ne peut pas conclure de ce qu'elle eſt un don de Dieu, qu'elle ne manque de rien, pour donner à une action tout ce qu'elle doit avoir pour être ſans défaut, qu'en ſuppoſant que tout don de Dieu ſuffit pour cela.

IV°. Si toute action doit être faite par l'impreſſion de l'amour chaſte de Dieu aimé pour lui-même, la crainte ſervile ſera criminelle, & un péché.

Je ne crois pas qu'on puiſſe rien avancer de plus abſurde. C'eſt conclure qu'une bonne choſe eſt mauvaiſe, parce qu'elle n'eſt pas accompagnée d'une autre qui eſt meilleure & qui doit l'accompagner, ſçavoir la charité ; ou parce qu'on peut y en joindre une mauvaiſe, ſçavoir l'amour déréglé de ſoi-même, ou l'affection au péché. On ajoûte, que du moins on fera un péché, quand on s'abſtiendra de pécher par le motif de cette crainte. Mais peut-on faire de bonne foi une pareille difficulté ? Qui ne voit que ſi on péche, le péché ne ſera pas de s'abſtenir de l'acte extérieur du péché ; mais de ce que l'ame ſe repoſera dans l'amour d'elle-même comme dans ſa fin dernière : ou de ce que le cœur ſera, dans cette action là même, attaché au péché.

Let. Paſt. de M. de Sens. p. 12. & 13.

Juſtific. des Réflex. Mor. p. 80. 81.

Médit. de M. de Meaux. Tome I. p. 473.

QUATRIE-
ME FAUSSE
CONSEQUEN-
CE.
Let. Paſt. de M. de Sens. p. 12.

Au reste, je ne puis assez m'étonner qu'on veuille détourner Let. Past. de M. de Soissons. p. 14. les décisions du Concile de Trente sur l'attrition & sur la crainte des peines qui en fait le plus puissant motif, à un sens exclusif de tout commencement d'amour de Dieu, pour en conclure qu'une action faite par la crainte seule est exempte de tout péché. La crainte & l'attrition dont parle le Concile, porte trois caractères. Elle est jointe aux actes de foi & d'espérance ; elle fait recourir à la miséricorde de Dieu ; elle chasse le péché : donc elle ne peut être sans un commencement de charité. C'est donc une crainte qui soutient, & qui sert pour ainsi dire d'éguillon à ce commencement de sainte dilection, par laquelle la foi fait tendre à se réunir à Dieu, & à s'éloigner du péché.

Cette crainte plus forte que n'est encore l'amour qui commence à poindre, est regardée comme le mobile qui fait agir ; mais c'est l'amour auquel elle est jointe & qu'elle soutient, qui dirige & qui regle l'action. Quiconque agit par l'impression de cette crainte, ne tend qu'à se raprocher de Dieu & à se réunir à lui, comme au principe de toute justice ; & par conséquent il raporte son action à Dieu, non par la crainte qui le presse, mais par l'amour qui le conduit ; & c'est ainsi que cette crainte chasse véritablement le péché & dispose à la charité dominante, & à la justification. Elle excite, elle remuë, elle presse le pécheur de suivre la voye que la foi lui ouvre, & où elle le fait tendre ; & en le retirant d'une part de l'acte du péché, & l'aidant de l'autre à employer les premieres étincelles de la charité, elle les fait croître à sa maniere, & les fait enfin arriver jusqu'à l'acte formé, c'est-à-dire dominant dans le cœur : & c'est alors que le pénitent est suffisamment préparé à la justification.

Il est vrai qu'il y a, comme le dit M. de Meaux, une crain- Justific. des Réflex. Mor. p. 83. te exclusive de tout amour de la justice, où l'on dit dans son cœur, & Dieu y voit cette disposition, je pécherois si je n'étois retenu par la vuë des supplices éternels, mais aussi c'est ce que l'on ne peut excuser de péché. Et cette disposition est bien différente de celle que dépeint le Concile de Trente dans tous les endroits, où il parle de la crainte & de l'attrition.

V°. Si l'on péche toutes les fois que l'on n'agit pas par l'im- CINQUIEME FAUSSE CONSEQUENCE. Let. Past. de M. de Sens. p. 13. pression de la charité, il faut dire qu'on n'accomplit véritablement aucun précepte sans la charité au moins commencée ; par conséquent c'est pour un pécheur un péché de jeuner, ou d'entendre la Messe.

La premiere conséquence est très véritable & très certaine. C'est le grand précepte de l'amour qui fait accomplir tous les autres; & on n'en accomplit aucun comme il faut sans la charité au moins commencée. Dieu, comme on le verra dans la suite, en nous commandant de l'aimer, nous ordonne de garder sa loi, & de lui obéir par amour. C'est ce que M. de Meaux prouve, inculque, & repete par tout.

Mais la seconde est très fausse : Car le péché n'est pas de jeuner, ou d'entendre la Messe, mais de ne le pas faire comme il faut. On n'a jamais dit, que ce fût un péché de faire ce qu'on doit faire, & ce qui est commandé : mais on a toujours dit, que c'est un péché de ne le pas faire comme il faut, & comme il est commandé.

AUTORITES MAL EMPLOYEES.

Enfin toutes les autorités qui sont alléguées dans cette lettre sont si mal employées, qu'il est surprenant qu'on ne sente pas, ou qu'elles ne prouvent rien contre la sainte maxime que nous défendons; ou même qu'elles l'autorisent formellement.

Ces autorités se réduisent à quelques endroits du Concile de Trente : à la Bulle de Pie V. contre Baïus : aux exemples de quelques actions louées, quoique faites sans foi & sans amour de Dieu : à un passage de Saint Thomas : & à deux endroits des ouvrages de feu M. de Meaux.

I. CONCILE DE TRENTE. Je viens de parler des passages du Concile de Trente, & le peu que j'en ai dit, montre assez combien on s'écarte de sa doctrine, & quel abus on fait de ses décisions.

II. BULLE DE PIE V. Quant à la Bulle de Pie V. contre Baïus, sans entrer dans l'examen de son autorité, je crois qu'on ne peut trop déplorer l'abus qu'on en fait contre l'honneur du S. Siége, & de ce saint Pape, pour tâcher d'obscurcir & de rendre problématiques les principes les plus incontestables de la doctrine de l'Eglise. Ce qui me frape le plus ici, c'est que l'on ose donner pour un fondement solide de la censure que l'on a faite, une interprétation arbitraire que l'on donne soi-même & de sa propre autorité à cette Bulle; non seulement contraire à celle de tous les Théologiens, & même des plus sçavans Jésuites, & à la doctrine constante du Saint Siége, & de toute l'Eglise; mais même contre celle qu'on y a donnée & signée soi-même en 1720.

Et en effet , si on entendoit les propositions que l'on cite dans le sens de la grace actuelle , & de la charité commencée, qui pourroit en souffrir la condamnation ? Et si on les entend dans le sens de la grace & de la charité habituelle , que peut-on en conclure contre l'obligation de raporter toutes nos actions à Dieu par la charité actuelle , & du moins commencée ?

Que dirai-je des exemples allégués d'œuvres faites par des infidelles , ou supposez tels. Veut-on dégrader la religion & la justice des Chrétiens ? Comment ose-t-on apeller , pour ainsi dire , en jugement au tribunal de ces œuvres, la regle même qui doit les juger ? Quand S. Augustin paroîtroit quelque part laisser en doute , si parmi toutes ces œuvres il peut s'en trouver qui méritent des louanges ; cela peut - il préjudicier à la regle qu'il a si clairement & si solidement établie, qu'il inculque par tout , & à laquelle il rapelle toujours quiconque voudra estimer le prix & la valeur de toutes les actions des hommes ? Et quoique ces œuvres puissent être bonnes en elles-mêmes , & quant à leur objet & à leur fin prochaine , & par conséquent par là très loüables ; sied-t-il bien à un Evêque de les donner presque pour modelles à des Chrétiens , à qui il est commandé non seulement de faire ces œuvres loüables , mais encore de les faire par l'impression de la charité. *Que personne n'empêche*, dit M. de Meaux , *que* Justific. des *l'on n'enseigne au Chrétien les avantages de sa religion : &* Réflex. p. 79. *laissons lui confesser que sans elle , il n'a qu'ignorance , mensonge , aveuglement & péché , puisque sans elle , ou tout est cela , ou tout aboutit là.*

Je ne puis m'empêcher de remarquer sur ces dernieres paroles, VIe Let. Past. l'injure que M. de Sens fait à M. de Meaux en les interprétant de M. de Sens. conformément à son opinion : comme si M. de Meaux eût pensé que ces œuvres, après avoir été quelque tems sans défaut, n'avoient d'autre vice que d'aboutir enfin au péché , en donnant occasion à l'orgueil , qui vient comme par réflexion les gâter. Qui ne voit qu'on en pourroit dire autant de plusieurs actions même des Chrétiens faites le plus chrétiennement , dont cependant on ne dira jamais qu'elles aboutissent au péché. La pensée de M. de Meaux est bien certainement , que tout est péché , s'il est fait contre la loi , ou que tout y aboutit par un amour propre déréglé , qui raportant tout à soi, corrompt le bien même en même tems qu'on le fait : *Parce que*, dit ailleurs M. de Meaux , Medit. Tom. *qui n'aime pas Dieu , n'aime que soi , & raporte tout à soi , &* 1. p. 473.

D iij

Dieu même. Et qui peut douter que cet amour ne soit déréglé, & ne corrompe l'œuvre qu'on lui raporte comme à sa fin dernière?

III.
S. THOMAS.
Quant au passage de S. Thomas, vous avez fort bien remarqué, MONSEIGNEUR, que M. l'Archevêque de Sens l'allégue contre lui-même : puisqu'il prétend d'une part ne pas disconvenir de l'obligation de raporter toutes ses actions à Dieu ; & que de l'autre il fait dire à S. Thomas que le commandement de les lui raporter, n'oblige pas toujours, & à chaque action.

Mais en citant ce passage il montre que malgré qu'on en ait, on retombe dans les idées naturelles, en reconnoissant que le précepte de faire tout pour la gloire de Dieu est le commandement même de lui raporter toutes ses actions ; & qu'ainsi raporter toutes ses actions à Dieu, n'est autre chose que les faire pour sa gloire, & par conséquent par le motif de la charité. Car c'est-là l'idée qu'en donne ce passage de Saint Thomas qu'on adopte. D'où il faut necessairement conclure, ou que l'on n'est pas obligé de les raporter toutes à Dieu, ou qu'on est obligé de les lui raporter par le motif de la charité.

Je remarque en second lieu, que l'on en use à l'égard de Saint Thomas, comme à l'égard de Saint Augustin ; c'est-à-dire, que l'on s'acroche à un mot qu'on n'entend pas, pour combattre par le contresens qu'on y donne, ce que ces saints Docteurs ont enseigné nettement & par principes, & ce qui fait le point le plus constant & le plus clair de leur doctrine. N'est-ce pas-là préferer les ténebres à la lumiere ?

Et pour montrer qu'on n'entend point cet endroit qu'on cite de Saint Thomas, il ne faut que mettre sous les yeux la question qu'il traite dans cet article, l'objection qu'il se fait, & la réponse qu'il y donne : & l'on verra que cette réponse, dont on se prévaut tant, s'accorde aussi parfaitement avec la doctrine de ce saint Docteur, qu'elle est opposée à l'opinion que l'on soutient dans la nouvelle Lettre Pastorale.

La question que traite Saint Thomas est de sçavoir, si on peut distinguer le péché en veniel & mortel ; ou si tout péché est mortel.

L'objection, selon la methode de Saint Thomas, qui est de commencer toujours par combattre la these qu'il veut éta-

109

blir, doit donc tendre à prouver que tout péché est mortel, & c'est ce qu'elle prétend montrer par ce passage de Saint Paul : *Faites tout pour la gloire de Dieu.* » L'homme est » tenu, dit l'objection, * (*a*) par un vrai précepte de ra- » porter à Dieu, comme à sa fin, tout ce qu'il fait. Car il » dit au Chapitre x. de la 1. Epître de Saint Paul aux Co- » rinthiens : *Soit que vous mangiez, soit que vous buviez,* » &c. *faites tout pour la gloire de Dieu.* Or le péché ve- » niel ne peut être raporté à Dieu. Donc tout péché, même » celui qu'on appelle veniel, est contre la Loi. Donc tout » péché est mortel.

Saint Thomas, après avoir montré que l'on doit distin- guer le péché en mortel & veniel, & avoir expliqué la dif- férence de l'un & de l'autre, qui consiste en ce que le péché mortel étant directement contraire à Dieu, & corrompant l'amour de la fin, détruit la charité qui est le principe de la vie de l'ame; ce que ne fait pas le péché veniel, répond à cette objection : * (*b*) » Que le précepte de l'Apôtre étant » affirmatif, n'oblige pas à ce qu'on l'observe toujours actuel- » lement; mais qu'il est toujours observé habituellement, » tant que l'homme a habituellement Dieu pour fin derniere, » ce que le péché veniel n'empêche pas. »

Voilà le passage d'où M. l'Archevêque de Sens conclut que, selon S. Thomas, on n'est en aucune façon, c'est-à-dire, ni sous peine de péché mortel, ni sous peine de péché veniel, obligé de raporter chaque action à Dieu, *actuellement* ou *vir- tuellement.*

Il faut convenir que par ce raport actuel, il semble qu'on doit entendre, non seulement celui qui se fait par une intention actuelle & formelle; mais encore celui qui se fait par l'inten- tion virtuelle; tant parce que S. Thomas l'explique ainsi ail- leurs, & qu'il l'oppose ici au raport habituel, dont le virtuel est très différent; que parce qu'en effet le raport virtuel renferme

In 2. Sent. q. 40. art. 5. ad 7.

* (a) *S. Thom. Q. 7. de malo, art. 1. argum. 9.* Homo tenetur ex præcepto, ut omnia quæ facit ordinet in Deum. Dicitur enim. 1. Cor. x. *Sive manducatis, sive bibitis, sive aliud quid facitis, omnia in gloriam Dei facite.* Sed peccatum ve- niale non est referibile in Deum. Ergò quicunque peccat venialiter facit contra præ- ceptum. Ergò peccat mortaliter.

* (b) *S. Thom. Q. 7. de malo, art. 1. ad 9.* Cùm illud præceptum Apostoli sit affirmativum, non obligat ad hoc quod semper observetur in actu. Observatur au- tem semper in habitu, quamdiu homo habitualiter habet Deum sicut ultimum finem; quod non excluditur per peccatum veniale.

toujours une affection actuelle, par l'impreffion de laquelle on agit, quoiqu'on n'y faffe pas également attention. *

Il ne s'agit donc que de fçavoir de quelle obligation parle ici S. Thomas, fi c'eft de l'obligation générale fous peine de péché même véniel, comme le prétend M. de Sens, ou de l'obligation fpéciale, & fous peine de péché mortel.

Or il eft évident & par la queftion, & par l'objection, & par la réponfe, qu'il s'agit là de l'obligation fpéciale fous peine de péché mortel. Car dès qu'il eft queftion de fçavoir fi tout péché eft mortel, c'eft-à-dire, fi tout péché eft tellement contre la loi, qu'il détruife la charité habituelle; & que l'objection, à laquelle S. Thomas répond, dit que toute omiffion du précepte de l'Apôtre eft contre le précepte, & par conféquent péché mortel, & non pas généralement qu'elle eft un péché, foit véniel, foit mortel; il s'enfuit clairement que ce S. Docteur doit répondre, non pas généralement qu'il n'y a aucun péché à ne pas raporter actuellement ou virtuellement chacune de fes actions à la gloire de Dieu : mais qu'il n'y a pas toujours péché mortel. Autrement cet efprit fi jufte & fi précis par tout n'auroit ici aucune juftelle. Il fortiroit vifiblement & de fa queftion, & de fon objection.

1. 2. q. 88. art. 1. ad 2. queft. 100, art. 10. ad 2. qq. difp. de Char. art. 11. ad 2. & ad 3. & ailleurs, in 2. Sent. q. 40. ad 7.

D'ailleurs il démentiroit S. Paul, dont il reconnoît que le texte renferme un véritable précepte de faire tout fans exception pour la gloire de Dieu; & il contrediroit lui-même ce qu'il enfeigne en termes exprès; qu'on ne peut manquer à ce précepte fans quelque péché ou mortel, ou véniel.

C'eft auffi ce que porte manifeftement la réponfe de ce Saint Docteur. Il ne dit pas qu'en manquant de raporter tout à la gloire de Dieu, fuivant le précepte de l'Apôtre, on ne péche pas toujours; mais qu'on ne péche pas toujours mortellement. Car répondre à l'objection dont il s'agit que le précepte de l'Apôtre s'obferve toujours habituellement, tant que l'homme a habituellement Dieu pour fin derniere, & que le péché véniel qui exclut le raport actuel, n'exclut pas le raport habituel : n'eft-ce pas dire que l'omiffion du précepte de l'Apôtre de raporter actuellement ou virtuellement toutes fes actions à la gloire de Dieu, qui fe

---

* S. Thom. in quæft. difput. de Charit. art. 11. ad 3. Aliud eft habitualiter referre in Deum, & aliud virtualiter. Habitualiter enim refertur in Deum, & qui nihil agit, nec aliquid actualiter intendit, ut dormiens : fed virtualiter aliquid referre in Deum, eft agentis propter finem, ordinantis in Deum. Unde habitualiter referre in Deum non cadit fub præcepto; fed virtualiter referre omnia in Deum cadit fub præcepto charitatis.

trouve

trouvé dans tout péché véniel, n'eſt pas tellement contre le précepte, qu'elle détruiſe l'habitude de la charité en quoi conſiſte
le raport habituel, & que par conſéquent elle n'eſt pas toujours
péché mortel ?

Il eſt vrai que S. Thomas dit ſans diſtinction ni reſtriction,
que *le précepte de l'Apôtre n'oblige pas toujours à ce qu'on l'obſerve actuellement.*

Mais cette façon de parler de S. Thomas ne peut paroître ob-
ſcure ou équivoque qu'à ceux qui ne ſe ſont pas donné la peine
de lire, & de comprendre la maniere dont il s'énonce par tout
où il traite du péché mortel & véniel, & le ſens de ces expreſſions : *Obliger & ne pas obliger : agir contre le précepte : &
agir hors du précepte.*

Selon S. Thomas tout ce qui eſt contre la loi, & toute omiſſion de ce à quoi la loi oblige, eſt péché mortel ; & il n'y a que
le péché mortel qui ſoit contre la loi, & contre ce à quoi la loi
oblige : *Contrà legem, contrà præceptum.* Le péché véniel n'eſt
pas contre la loi, ni contre le précepte, mais hors de la loi, &
hors du précepte, *præter legem, præter præceptum.* * (a) » Celui
» qui péche véniellement, dit-il, ne fait pas ce que la loi dé-
» fend, & n'omet pas ce à quoi la loi oblige ; mais il va hors
» de la loi ; parce qu'il n'obſerve pas la maniere & l'ordre que
» la loi a en vuë. » C'eſt-à-dire l'ordre des moyens à la fin,
comme il l'explique au même endroit de ſa Somme : & dans le
même article dont il s'agit, * (b) » Le péché véniel n'eſt pas
» contre la loi, dit-il, mais hors de la loi, parce qu'il s'écarte
» à la vérité en quelque point de l'ordre de la loi ; mais il ne la
» corrompt pas ; parce qu'il ne corrompt pas l'amour qui eſt la
» plénitude de la loi. »

Il eſt donc manifeſte que, quand S. Thomas dit que le précepte n'oblige pas, cela ſignifie que ſon omiſſion n'eſt pas contre
le précepte, ni péché mortel. Et par conſéquent ce qu'il dit ici que
le précepte de l'Apôtre n'oblige pas toujours à raporter actuellement ou virtuellement toutes nos actions à Dieu, ſignifie que
l'omiſſion de ce raport n'eſt pas toujours un péché mortel.

* (a) *S. Thom.* 1. 2. *q.* 88. *art.* 1. *ad.* 1. Venialiter peccans non facit quod lex
prohibet, nec prætermittit id ad quod lex per præceptum obligat : ſed facit præter legem, quia non obſervat modum rationis quem lex intendit.

*(b) *S. Thom. q.* 7. *de malo. art.* 1. *ad* 1. Peccatum veniale non eſt contra
legem, ſed præter legem, quia ſi in aliquo recedit ab ordine legis, non tamen
ipſam corrumpit ; quia non corrumpit dilectionem quæ eſt plenitudo legis.

E

Ce sens expliqué par S. Thomas même, ne fait aucune difficulté, quand on fait attention à la raison qu'il en rend tout de
suite, qui est que le péché véniel n'empêche pas que l'on ait toujours habituellement Dieu pour fin derniere ; & que l'omission
du raport actuel n'est péché mortel que lorsqu'elle détruit le raport habituel qui consiste dans la charité.

Mais il devient encore plus incontestable, lorsque l'on com-
pare ce passage avec les autres endroits où S. Thomas donne la
même réponse à la même objection en termes qui ne laissent aucune équivoque. Je raporterai seulement celui-ci, où après s'ê-
tre objecté le même précepte de S. Paul pour conclure que tout
péché est mortel, il répond : * (a) » Ce précepte de l'Apôtre
» est affirmatif, c'est pourquoi il n'oblige pas pour toujours ; &
» ainsi on n'agit pas contre ce précepte toutes les fois que l'on
» manque à raporter actuellement son action à la gloire de Dieu.
» Le raport habituel suffit donc pour que l'omission du raport
» actuel à Dieu ne soit pas toujours péché mortel. Or le péché
» véniel n'exclut pas le raport habituel, mais seulement le ra-
» port actuel, parce qu'il n'exclut pas l'habitude de la charité,
» en quoi consiste le raport habituel. »

On voit ici la même objection, & la même réponse. On voit
que de dire que le précepte n'oblige pas toujours, cela signifie
que son omission n'est pas toujours contre le précepte ; & que
n'être pas contre le précepte, veut dire qu'elle n'est pas péché
mortel. On voit enfin que la raison de cela, c'est que par cette
omission du raport actuel, l'habitude de la charité n'est pas toujours détruite.

Pour rendre la démonstration encore plus complete, s'il étoit
possible, ajoutons encore cet autre endroit où S. Thomas dit
clairement deux choses, * (b) la premiere est, que le précepte

* (a) S. Thom. 1. 2. q. 88. art. 1. ad 2. Illud præceptum Apostoli est affirmativum : unde non obligat ad semper ; & sic non facit contra hoc præceptum
quicunque non refert actu in gloriam Dei omne quod facit. Sufficit ergo quod ali-
quis habitualiter referat se, & omnia sua in Deum ad hoc quod non semper mortaliter peccet, cùm aliquem actum non refert in gloriam Dei actualiter. Veniale autem peccatum non excludit habitualem ordinationem actûs humani in gloriam Dei,
sed solùm actualem, quia non excludit charitatem quæ habitualiter ordinat in Deum.
* (b) S. Thom. in 2. Sent. q. 40. art. 5. ad 7. Dicendum quod hoc quod dicitur : Omnia in gloriam Dei facite : potest intelligi dupliciter ; vel affirmativè, vel
negativè. Si negativè, sic est sensus : nihil contra Deum faciatis : & hoc modo
præceptum est : & sic præceptum hoc præteritur, vel per peccatum mortale quod
contra Deum fit, vel per peccatum veniale quod præter præceptum & præter
Deum fit. Si autem intelligatur affirmativè, hoc potest esse dupliciter, aut ita

de l'Apôtre, même en tant qu'il est affirmatif, commande de
raporter actuellement chaque action à Dieu, non pas à la vérité
par un acte explicite d'amour, mais par l'impression & par la
vertu de l'intention actuelle qui a précédé ; de sorte que l'omission de ce précepte, est toujours un péché ou mortel, ou véniel.
La seconde est, que, ce qui fait que cette omission n'est pas
toujours péché mortel, c'est que ce précepte considéré comme
affirmatif, ainsi qu'il l'a dit du même précepte considéré comme
négatif, peut être violé en deux manieres, ou de façon que
l'omission du raport actuel commandé pour chaque action, soit
contre le précepte, & contre Dieu, ce qui fait le péché mortel :
ou de maniere qu'elle soit seulement hors du précepte, & hors
de Dieu : ce qui fait le péché véniel.

On comprend par tout ce que je viens d'exposer. 1°. Que
selon le langage de S. Thomas, la loi s'étend en quelque façon
plus loin que ce qu'il apelle l'obligation du précepte : (ce qu'il
faut entendre de l'obligation directe & spéciale,) puisque le
raport actuel, ou virtuel de chaque action à Dieu comme fin
derniere, est toujours commandé & compris dans l'ordre de la
loi ; & que cependant le précepte n'y oblige pas toujours, (directement & spécialement.) 2°. Que l'omission de ce raport
est toujours un péché, parce que celui qui l'omet, s'écarte toujours de l'ordre de la loi, & agit du moins hors du précepte, &
hors de Dieu ; mais qu'elle n'est pas toujours péché mortel, parce que ce raport n'étant pas toujours d'une obligation spéciale,
& celui qui l'omet ne corrompant pas toujours l'amour de la fin,
mais seulement l'ordre des moyens à la fin, elle n'est pas toujours contre le précepte, & ne détruit pas toujours la charité,
quoiqu'elle soit toujours un desordre.

Tel est donc le fondement sur lequel on se glorifie d'avoir
S. Thomas pour guide. C'est un passage qui conduit à une voye
toute opposée à celle qu'on suit. Telle est la justesse de la nouvelle
Lettre Pastorale, c'est de faire dire à ce S. Docteur tout le contraire de ce qu'il enseigne, & d'alléguer pour soi un texte qui
combat l'opinion qu'elle embrasse. On auroit dû s'en apercevoir,
même sans entrer dans un examen si exact, & à ne considérer

quod *actualis relatio* in Deum sit conjuncta actioni nostræ *cuilibet*, non quidem *in
actu*, sed *in virtute*, secundùm quod virtus primæ ordinationis manet in omnibus
actionibus sequentibus . . . . & sic adhuc præceptum est, & contingit omissionem
ejus esse venialem, vel mortalem, *sicut dictum est (supra, ubi de eodem præcepto
negativè intellecto,) vel ita quod ordinatio actualis sit actu conjuncta, &c.*

que le feul texte que l'on cite. Car 1°. Dès-là que S. Thomas répond que l'omiffion du raport actuel, explicite, ou virtuel, n'eft pas toûjours un péché mortel, comme je viens de le dé-montrer, ne fuppofe-t-il pas manifeftement que c'eft toûjours du moins un péché véniel ? 2°. S. Thomas oppofant à ce raport actuel, auquel il dit que le précepte de l'Apôtre n'oblige pas tou-jours, le raport habituel qu'il dit fuffifant pour ce dont il s'agit; il eft vifible que de donner à ce paffage le fens général qu'on y donne, fçavoir que le précepte de l'Apôtre n'oblige pas même fous peine de péché véniel à raporter actuellement ou virtuelle-ment chaque action à la gloire de Dieu; c'eft faire dire à ce S. Docteur que le raport habituel fuffit pour qu'une action foit exempte de tout défaut. Or qui peut attribuer ce fentiment à S. Thomas qui enfeigne le contraire en tant de manieres & en termes fi exprès?

On ne peut donc concevoir comment on a pû prétendre ob-fcurcir les textes les plus clairs, & les plus formels où S. Tho-mas enfeigne l'obligation de raporter actuellement ou virtuelle-ment chaque action à la gloire de Dieu, par un paffage qui s'ac-corde fi parfaitement avec cette doctrine; & fe prévaloir d'un texte qui fe tourne en preuve contre l'opinion qu'on entreprend de foutenir.

IV.
M. DE
MEAUX.

La nouvelle Lettre Paftorale ne rencontre pas mieux, lorf-qu'elle prétend s'appuyer de l'autorité de feu M. de Meaux. Vous l'avez bien prouvé, MONSEIGNEUR; & il ne feroit pas néceffaire de rien ajoûter pour enlever un tel fuffrage à M. l'Archevêque de Sens. Néanmoins afin que perfonne ne puiffe douter de ce qu'a penfé & enfeigné ce grand Evêque fur un point auffi important, il ne fera pas hors de propos de le mettre ici au grand jour.

Remontons pour cela jufqu'aux principes, & aux notions qu'il a puifées dans la raifon, & la lumiere naturelle.

A la fin d'un petit ouvrage de Logique & de Morale, com-pofé pour l'inftruction de Monfeigneur le Dauphin, il a joint un *Traité des caufes*, qu'il *donne*, dit-il, à ce Prince *en l'honneur de la premiere caufe*. C'eft ainfi qu'il avoit foin de pratiquer, comme il l'enfeignoit, le précepte de tout raporter à ce premier Etre, principe & fin de tout être.

En parlant de la caufe finale : » C'eft, dit-il, celle qui agit » fur la caufe efficiente intelligente, pour la porter à faire fon

» opération. C'eſt le propre des natures intelligentes d'agir
» pour une fin. »
 » La fin qu'on regarde & qu'on ſe propoſe comme le but de
» tous ſes deſſeins, eſt apellée la fin derniere; comme celle où
» on ſe repoſe, & qui eſt le terme de tout le mouvement pré-
» cédent.
 » La fin générale de la vie humaine eſt que Dieu ſoit ſervi.
» Toutes les vertus ont leurs fins particulieres qui lui ſont ſu-
» bordonnées : *Mais toutes doivent avoir pour fin de faire la*
» *volonté de Dieu.* Telle eſt la fin que ſe propoſe celui qui veut
» vivre dans la vertu. Les autres ont d'autres fins. Les uns ra-
» portent toutes leurs penſées au plaiſir des ſens; les autres, &c.
» *Le tout pour arriver à la fin derniere que leur eſprit ſe pro-*
» *poſe.* Une même action a donc pluſieurs fins; mais elles ſont
» toutes ſubordonnées à une fin principale qui donne le branle
» à tout. »
 D'abord donc, ſelon M. de Meaux, l'homme ne fait rien
que pour arriver à la fin derniere qu'il ſe propoſe. C'eſt cette fin
qui le porte à agir, & qui donne *le branle à tout.* Elle eſt le
but de tout ſon mouvement, c'eſt là qu'il raporte tout; & y raporter tout, c'eſt ſe la propoſer comme le but de tous ſes deſſeins & le terme de tout ſon mouvement, c'eſt s'y repoſer. Cette
fin derniere doit être de faire la volonté de Dieu : c'eſt ce qu'il
doit ſe propoſer dans l'exercice même de toutes les vertus particulieres.
 Or, ſelon M. de Meaux, le deſſein de faire la volonté de
Dieu, le déſir de s'y conformer, eſt le ſincere amour de Dieu
& la charité pure. » L'amour de Dieu, dit-il, eſt un amour de Médit. T. 1.
» ſujettion & de dépendance; mais de dépendance douce, p. 472.
» puiſque c'eſt dépendre du bien, & s'unir à lui.
 » Le premier effet de la bonne volonté que Dieu a pour nous, Elevat. T. 2.
» dit-il ailleurs, eſt de nous inſpirer une bonne volonté envers p. 217. 218.
» lui; & la bonne volonté eſt celle qui eſt conforme à la vo- 219.
» lonté de Dieu; & comme parle S. Paul, c'eſt la charité d'un
» cœur pur, &c. »
 Donc, ſelon M. de Meaux, nous devons tendre à Dieu
comme à notre fin derniere dans tous nos deſſeins & dans toutes
nos actions : nous devons les faire toutes par le commandement
de la charité; & les raporter toutes à Dieu, comme à la fin
derniere par l'impreſſion de ſon amour.

» La fin, continuë M. de Meaux dans le même Traité des
» caufes, fait le mérite & la dignité de toutes chofes. Les ver-
» tus comme les arts, font plus ou moins nobles fuivant la di-
» gnité de leur fin : ainfi les vertus théologales qui ont Dieu
» pour objet immédiat font d'elles mêmes plus excellentes que
» les vertus morales qui ont pour objet de régler nos devoirs
» envers le prochain, & envers nous-mêmes. *Mais au fond*
» *toutes les vertus doivent être raportées à Dieu, fans quoi elles*
» *n'ont pas la perfection qui leur eſt duë. Car Dieu étant le*
» *premier principe d'où fortent toutes chofes, il eſt auffi la fin*
» *derniere à laquelle elles fe raportent, & l'homme ne fe doit*
» *fervir de fa liberté que pour fe donner à lui par fa volonté,*
» *comme il y eſt déja par fa nature. Ainſi à lui appartient*
» *d'être la fin univerfelle de la vie humaine.* »

Voici donc encore quelque chofe de plus précis. 1º. Toutes
les vertus font défectueufes, fi on ne les raporte à Dieu ; & nous
avons vû que les lui raporter, c'eſt fe propofer Dieu comme fa
fin derniere dans l'exercice de ces vertus, c'eſt-à-dire, fe porter
à l'acte de ces vertus par l'amour de Dieu comme fin derniere,
& aimé pour lui-même. Elles ne s'y raportent point d'elles-mêmes, autrement on ne diroit pas *qu'elles doivent y être rapor-*
tées, & que fans cela elles n'ont pas la perfection qui leur eſt
duë. 2º. L'homme ne fe doit fervir de fa liberté que pour fe
donner à Dieu par fa volonté, comme au premier principe, &
à la fin univerfelle de la vie humaine. Donc dans toutes fes actions libres l'homme doit agir par le mouvement de la charité,
& tendre à Dieu, comme à fa fin derniere.

Mais ce qui fuit mettra le comble à la démonftration.

» Selon cette régle immuable, ajoûte tout de fuite M. de
» Meaux, l'homme ne peut être bon que par rapport à cette
» fin. On peut être bon médecin, bon pilote, bon peintre,
» bon maître, bon valet, par raport à certaines fins particu-
» lieres ; mais on ne peut être apellé abfolument bon que par
» raport à Dieu, qui eſt le vrai bien de l'homme. C'eſt-pour-
» quoi toute la vie humaine eſt réglée par ce précepte au-
» quel elle fe raporte. *Tu aimeras le Seigneur ion Dieu de*
» *tout ton cœur, de tout ton efprit, de toute ta penſée, de*
» *toutes tes forces.* »

Tout cela n'a befoin ni de réflexions, ni de commentaire.
Car 1º. l'homme ne peut être bon que par raport à fa fin der-

niere, & à son vrai bien qui est Dieu. Or il est visible que
l'homme est bon par ses vertus, & par ses bonnes actions. Il
n'y en a donc point de telles qui ne soient raportées à Dieu
comme à la fin derniere. Aussi M. de Meaux n'en reconnoît-
il point d'autres que celles où l'on cherche à contenter Dieu.
» Les bonnes œuvres, dit-il, sont celles où l'on cherche à   Elevat. T. 2.
» contenter Dieu, & non pas son humeur, son inclination,   p. 220.
» son propre désir. Alors quand on cherche Dieu avec une
» intention pure, les œuvres sont pleines ; sinon l'on reçoit de
» Jesus-Christ ce reproche : *Je ne trouve pas vos œuvres*   Apoc. III. 2.
pleines devant mon Dieu. Les actions ne sont donc bonnes,
que quand elles ont la charité pour motif, & pour principe.

2°. C'est pour cela que toute la vie, & par conséquent toutes les actions sont réglées par le commandement de l'amour
de Dieu. Ce commandement les comprend donc toutes, &
s'étend à toutes sans aucune exception. Il faut donc les faire
toutes par amour.

M. de Meaux établit les mêmes principes dans ses ouvrages   Etats d'orai-
contre le Quiétisme.   son.

Il y enseigne I°. Que c'est une vérité incontestable & re-   Schola in tuto.
connuë de tout le monde, comme le fondement de la Philoso-   Qu. II. & III.
phie morale, & de toute la Théologie, que l'homme n'agit que   Autres Ecrits
par l'amour de sa fin derniere, qui est la béatitude ; qu'il ne   contre M. de
se porte à rien que par le désir d'y arriver, quoiqu'il n'y fasse pas   Cambray.
toujours une attention expresse : que c'est l'objet dont il veut
joüir, & qu'il use de tout le reste, c'est-à-dire, que c'est l'objet qu'il aime pour lui-même, & pour lequel il aime tout le
reste. En un mot, que c'est sa fin derniere que l'homme aime
& cherche en tout, & à quoi il raporte tout par l'amour même de cette fin.

II°. Que Dieu seul est la fin légitime de l'homme : parce que
c'est le seul objet dont la possession & la joüissance puisse le
rendre heureux.

III°. Que Dieu est donc le seul objet que l'homme puisse légitimement aimer pour lui-même, & pour lequel il se doit aimer soi-même, & toutes les autres choses : que les vertus mêmes, quoiqu'elles ayent en elles quelque chose d'aimable, ne
doivent être aimées que par raport à Dieu : & que cet amour
de Dieu pour lui-même, & comme fin derniere, c'est-à-dire,
comme principe & objet de la béatitude, est la charité par la-

quelle feule on lui raporte tout, & les vertus mêmes.

IV°. Que l'homme doit donc en toute action tendre à Dieu comme à fa fin derniere, & lui raporter tout par la charité: que par conféquent tout acte qui n'a pas pour principe, & pour motif l'amour de Dieu aimé pour lui-même, de quelque vertu particuliere qu'il foit, eft déréglé; parce qu'il n'eft pas dirigé à la fin à laquelle il doit être raporté.

M. de Meaux ne fe contente pas d'avancer ces principes & ces confequences, il les prouve par la raifon & par l'autorité de S. Auguftin, de S. Thomas, des premiers maîtres de la Théologie, & des plus fçavans Docteurs dont il raporte les paffages formels.

Au refte tout le monde fçait que cette doctrine eft commune, & de tous les tems. Elle ne fouffre aucune difficulté.

M. de Meaux enfeigne donc par tout comme une vérité conftante, & par principes clairs & folides, que nous fommes obligez de raporter toutes nos actions à Dieu par la charité.

Mais il faut voir comment il explique lui-même le grand commandement de la charité, quelle en eft l'étenduë, quels en font les effets & les motifs.

C'eft dans le 1er. Tome des Méditations depuis la page 442 jufqu'à la fin qu'il traite cette importante matiere d'une maniere admirable. On ne peut trop lire & méditer ce bel endroit. Je voudrois pouvoir le copier ici tout entier ; mais il faut bien fe contenter d'en raporter feulement quelques traits.

Méd. de M. de Meaux. p. 445. 446. &c.
» Par ce commandement, dit M. de Meaux, l'homme voit » en un clin d'œil ce qu'il doit à fon Créateur, & ce qu'il doit » aux hommes fes femblables. Non-feulement tout le Déca- » logue y eft compris; mais encore toute la loi, & les Prophé- » tes; puifque tout aboutit à être difpofé comme il faut, en- » vers Dieu, & envers les hommes: & que Dieu nous ap- » prend ici non-feulement les devoirs extérieurs; *mais encore* » *le principe intime qui nous doit faire agir, qui eft l'amour.*

Page 453.
» Le langage humain étant trop foible pour expliquer » l'obligation d'aimer Dieu, le Saint Efprit a ramaffé tout ce » qu'il y a de plus fort pour nous faire entendre qu'il ne re- » fte plus rien à l'homme qu'il puiffe fe réferver pour lui- » même; mais que tout ce qu'il a d'amour & de forces pour » aimer, fe doit réunir en Dieu.

Page 454.
» Il n'y a pas plufieurs objets entre lefquels on puiffe par-
tager

» tager son cœur. En un mot il n'y a pas plusieurs choses à
» aimer : *Tu aimeras le Seigneur ton Dieu*, ce Dieu unique, Deuter. VI.
» ce Seigneur unique, *de tout ton cœur, de toute ton ame, de* 4. 5. 10.
» *toute ta force*, uniquement comme il est unique, parfai-
» tement comme il est parfait, en consacrant à ce premier
» Etre, principe, & moteur de toute la nature, l'amour qui
» est le principe & le moteur en toi-même de toutes tes affec-
» tions. Je le veux, Seigneur, & si je le veux, je le fais ; car
» le vouloir, c'est le faire ; le vouloir imparfaitement, c'est le
» faire imparfaitement ; le vouloir parfaitement, c'est le vou-
» loir dans la perfection que vous voulez. . . . Il est vrai que Page 456.
» pour l'accomplir, j'ai besoin de vous, ô Dieu vivant qui êtes
» le seul moteur des cœurs, qui seul y inspirez votre saint
» amour.

» *Tu aimeras donc le Seigneur ton Dieu, de tout ton cœur,* Page 457.
» *de toute ton ame, de toute ta force. Et parce que* tu l'aimeras Deuter. VI.
» de cette sorte, les paroles qui te le commandent, *les précep-* 4. 5. 10. &c.
» *tes que je te donne, seront dans ton cœur ;* car on veut tou-
» jours accomplir la volonté de celui qu'on aime : *Et tu les*
» *raconteras à tes enfans, &c.* Car de quoi s'occupe-t-on du- Page 458.
» rant tout le cours de sa vie, que de la volonté de celui qu'on
» aime, & du soin de lui plaire ? . . . . Songe donc, ô vrai Is-
» raël, à plaire à Dieu, & à lui obéir, allant, & venant dans
» ton repos, & dans ton travail, en t'endormant, en t'éveillant.
» Tu peux bien changer tes autres emplois ; mais celui d'aimer
» Dieu, & de lui plaire, est le soin perpétuel de ta vie ; &
» comme on ne lui peut plaire qu'en obéissant à sa loi, & en
» accomplissant sa volonté, il faut être continuellement occu-
» pé de ce désir. » Et après avoir raporté les passages de l'Ecriture qui ordonnent d'avoir toujours la loi de Dieu présente :
» Voilà donc, dit-il, ce que produit l'amour de Dieu, un in- Pages 459.
» violable attachement à sa loi, une application à la garder, 460.
» un soin de se la tenir toujours présente, de la lier à ses mains,
» de ne cesser jamais de la lire, de l'avoir toujours devant les
» yeux. . . . Ecrivons-en les sentences, &c. Les Juifs le pra- Page 461.
» tiquoient ainsi à la lettre . . . . Mais toi, ô Juif spirituel, ac-
» complis tout cela en esprit. Ayes les préceptes de Dieu tou-
» jours présens à ton esprit . . . . Et tout cela *parce que* tu ai-
» meras le Seigneur ton Dieu ; *parce qu'on ne peut l'aimer sans*
» *lui obéir, ni lui obéir sans l'aimer.* Il ne suffit pas de garder

F

» l'extérieur de la loi : l'ame de la loi c'eſt de la garder par
» amour : l'effet de l'amour eſt de garder la loi . . . des pratiques
Page 462. » extérieures, ce n'eſt pas là ce qui s'apelle obſerver la loi. L'a-
» me de la loi eſt d'aimer & de faire tout par amour. Le reſte
» n'eſt que l'écorce, & l'extérieur de la bonne vie. »

Voilà l'étenduë & la force du grand commandement de l'a-
mour bien marquées ſans doute. Voilà juſqu'où doit s'étendre
l'amour qui nous eſt commandé. Cet amour doit être le principe intime & le moteur de toutes nos affections, & de toutes
nos actions ſans en excepter une ſeule. C'eſt de cette ſource que
doit ſortir notre obéiſſance à la loi de Dieu ; & on ne peut lui
obéir ſans l'aimer.

C'eſt ainſi que M. de Meaux eſt d'accord avec M. l'Archevêque de Sens. Ce que celui-ci apelle bonnes œuvres & obéiſſance
à la loi, n'eſt, ſelon le premier que l'extérieur & l'écorce de la
bonne vie, & ne doit point être apellé obéiſſance. Celui-ci diſ-
penſe les hommes de l'obligation d'agir en beaucoup d'actions
par le principe & par le motif de la charité, & le premier montre que ce qui eſt commandé par le premier précepte, c'eſt de
faire tout par amour : je dis *tout*, ſans en excepter une ſeule
action.

Ils ne s'accordent pas mieux ſur les motifs de cet amour.
Page 466. » Dieu eſt parfait, dit M. de Meaux, Dieu nous a choiſi par
» pur amour, par pure bonté, il nous a comblé de biens. »
Voilà les motifs de l'amour. Ainſi Dieu bon en lui-même, &
bon pour nous, ſa perfection & ſes bienfaits ſont également les
motifs du véritable & chaſte amour de Dieu. C'eſt ce que M. de
Meaux explique & inculque avec la derniere force dans les Méditations ſuivantes.

Mais afin que nous comprenions encore mieux qu'il n'y a
point d'autre légitime principe de toutes nos actions que la charité qui ſeule peut les raporter à Dieu, M. de Meaux nous aver-
Page 473. tit, & il veut que nous y prenions bien garde : » Que l'amour
» propre eſt le vrai fond que laiſſe en nous le péché de notre
» origine ; que nous raportons tout à nous, & Dieu même, au
» lieu de nous raporter à Dieu, & de nous aimer pour Dieu ;
» & que, qui n'aime pas Dieu, n'aime que ſoi. »

Il n'y a donc point de milieu entre l'amour de Dieu qui raporte tout à Dieu & l'amour déréglé qui raporte tout à ſoi-mê-
Page 454. me. Et comme, ſelon M. de Meaux, » l'amour eſt en nous le

» principe & le moteur de toutes nos affections : qu'il eft ce
» fecret & profond reffort d'où partent nos réfolutions & nos
» volontés, cette intime partie de nous mêmes qui ébranle tout
» le refte ; » il s'enfuit que toutes nos actions viennent, ou du
fincere amour de Dieu, ou de l'amour déréglé de nous-mêmes.

Page 482.

C'eft ce que M. de Meaux nous a fait entendre ci-deffus en
difant : » Qu'il ne refte rien à l'homme qu'il puiffe fe réferver
» pour lui-même ; mais que tout ce qu'il a d'amour & de forces
» pour aimer, fe doit réunir en Dieu. » Comme s'il difoit :
l'homme ne peut agir que par quelque amour, l'amour de Dieu,
ou l'amour de lui-même : tout fon amour doit fe réunir en Dieu :
il ne peut donc légitimement agir par l'amour de lui - même.

Page 453.

On voit encore ici que c'eft l'amour feul qui raporte un objet
à un autre ; & que raporter quelque chofe à Dieu, c'eft l'aimer
pour Dieu, & par raport à Dieu ; comme raporter quelque
chofe à foi, c'eft l'aimer pour foi, & par raport à foi : & que par
conféquent on ne peut raporter une action à Dieu que par le
fincere amour de Dieu, ni la raporter à foi-même que par l'a-
mour de foi - même.

Or comme l'ordre confifte à tout aimer pour Dieu, ou, ce qui
eft la même chofe, à aimer Dieu en tout ; & le défordre au contraire, à tout aimer pour foi, & à s'aimer foi-même en tout ;
c'eft pour cela que M. de Meaux enfeigne que le grand commandement de l'amour rétablit tout dans l'ordre ; parce qu'il
nous prefcrit de tout aimer pour Dieu, d'aimer Dieu en tout,
de faire tout par amour, & qu'il ne laiffe rien à l'homme qu'il
puiffe raporter à foi en l'aimant pour foi-même.

C'eft en conféquence de tous ces beaux principes que M. de
Meaux enfeigne comme autant de points capitaux de la doctrine
Catholique & de la faine Théologie : » Que c'eft le S. Efprit
» qui fait en nous par fa grace tout ce que nous faifons de bien.
» Parce qu'étant le feul moteur des cœurs, c'eft lui feul qui y
» infpire le faint amour : que cette infpiration de l'amour eft la
» grace de la nouvelle alliance : que le premier faint défir & le
» premier mouvement du cœur vers Dieu, en eft le commen-
» cement, parce que le défir de l'amour ne peut être fans un
» amour déja commencé : & que la douleur même de n'ai-
» mer pas, vient d'un commencement d'amour. Que nous ne
» pouvons fans crime mettre des bornes à notre amour pour
» Dieu : qu'il fera toujours au deffous de notre obligation : &

Expofition
de la Doctr.
Catholique,
p. 53.
Médit. T. 1.
p. 456. 460.
480. ailleurs.

2. Avertiff.
contre Jurieu,
art. 20.

Manuscrit original sur l'Amour de Dieu. Médit. T. 4. p. 34. &c. Elevat. T. 2. p. 217.

» qu'au lieu de relâcher pour peu que ce soit cette obligation,
» comme font quelques-uns , nous devons nous efforcer fans
» cesse à y satisfaire tous les jours de plus en plus. Que nous
» avons un besoin extrême de J. C. & de son influence con-
» tinuelle, parce que c'est en J. C. & par J. C. que Dieu nous
» aime, & que nous recevons les effets de son amour, dont
» l'amour que nous commençons à avoir pour lui est le premier.
» Que fans J. C. nous ne sommes que misere, foiblesse & pé-
» ché , parce que fans la grace de J. C. fans l'inspiration de ce
» faint amour , nous n'avons que l'amour déréglé de nous-mê-

Traité de la Concupif.

» mes : Amour que nous laisse le péché de notre origine , d'où
» naissent l'orgueil & toutes les passions , & auquel nous ra-
» portons tout , parce qu'il entraîne toutes les affections , &
» tout les sentimens de notre ame. »

C'est encore conformément à cette doctrine qui est bien certainement celle de l'Ecriture & de la Tradition , & qui s'accorde si parfaitement avec la vraie philosophie , que selon M. de

T. II. Elevat. p. 219. 220.

Meaux , » la bonne volonté, le fincere amour de Dieu , & la
» charité font précisément la même chose ; » & qu'il ne reconnoît point d'œuvres vraiement bonnes , utiles & falutaires,
que celles qui ont pour principe l'amour de Dieu, du moins commencé, tel qu'il se trouve dans les actes de foi & d'espérance que
font les pécheurs qui se disposent à la justification , comme nous
le verrons bientôt : parce qu'il ne peut y avoir d'actions vraiement bonnes que celles qui viennent d'une bonne volonté ; &
que la volonté ne peut commencer à être bonne , que par raport
à Dieu , comme fin derniere : & par conséquent qu'elle ne commence à se raprocher de Dieu , à défirer du moins de l'aimer ,
en un mot , qu'elle ne commence à rentrer dans cet ordre immuable qui veut qu'on aime souverainement celui qui est souverainement aimable.

Et pour démontrer de plus en plus que telle est la doctrine de
M. de Meaux , & jusqu'à quel point il faut s'aveugler foi-même
pour lui en attribuer une autre ; ajoutons à tout ce que j'en viens
de raporter les deux endroits dont M. de Sens a prétendu s'au-
torifer , pour tâcher de se rendre M. de Meaux favorable. Ils
serviront à éclaircir ce qui paroît faire deux de ses plus grandes
difficultés.

Let. Paſt. de M. de Sens. p. 23.

La premiere est qu'il ne semble pas possible d'aimer Dieu
continuellement fur la terre , & de lui raporter toutes ses actions

par amour. C'est dit-on ce qui ne peut convenir qu'aux Bien-heureux dans le Ciel.

Il est bien étonnant qu'un Evêque, *qui a*, dit-il, *blanchi dans l'étude de la loi de Dieu*, n'entende pas la pratique du premier & du plus grand commandement ; & qu'il se croye forcé à en restraindre le devoir, de peur de penser que Dieu nous ait commandé quelque chose d'impossible.

Elle consiste donc cette pratique à tendre à Dieu, comme à notre fin derniere, & pour lui-même dans toutes nos actions ; à ne nous porter à les faire que par le désir de lui plaire, & de faire sa sainte volonté. C'est ce qui s'apelle raporter à Dieu par amour toutes ses actions, & toute sa vie, & tout cela ou par une intention actuelle, ou par une intention virtuelle : en un mot, à faire le plus souvent qu'il est possible des actes d'amour de Dieu, en disant sincérement à Dieu qu'on ne veut agir que pour sa gloire, pour lui plaire, & faire sa volonté, en quoi consiste l'intention actuelle ; & à être à toute heure & à chaque moment disposé à donner à Dieu des marques de notre amour, c'est-à-dire, à faire de nouveaux actes semblables ; en sorte que, quoique nous n'y pensions pas aussi vivement, ou même point du tout, nous agissions cependant toujours par l'impression de cette disposition intime, & que si on nous demandoit dans quelle vuë nous agissons, nous répondions aussi tôt, & sans hésiter, que c'est pour plaire à Dieu, & pour faire sa volonté. En quoi consiste l'intention virtuelle ?

C'est ainsi que M. de Meaux l'enseigne dans son second Catéchisme, Leçon V^e. où après avoir raporté les paroles qui énoncent le grand commandement de l'amour : *Tu aimeras le Seigneur ton Dieu, &c.* » Il y a, dit-il, deux sortes d'obligations
» à l'homme d'accomplir ce précepte, l'une générale & conti-
» nuelle ; l'autre particuliere. La générale & continuelle, c'est
» de n'aimer en aucun tems la créature plus que Dieu ; & d'ê-
» tre à toute heure & à tout moment disposé à aimer Dieu plus
» que toutes choses, comme un bon fils est toujours disposé à
» aimer son pere, & lui donner des marques de son amour.
» L'obligation particuliere est celle de s'exciter à aimer Dieu,
» c'est-à-dire de faire des actes d'amour de Dieu marquez, ex-
» plicites, & réfléchis. Il est difficile de déterminer les occa-
» sions où il y a une obligation spéciale de faire des actes d'a-
» mour ; mais nous sommes obligez de tellement les multiplier

» que nous ne foyons pas condamnez pour avoir manqué à un
» exercice si néceffaire ; parce que celui qui manque à aimer
» Dieu, manque à la principale obligation de la loi de J. C.
» qui eft une loi d'amour ; & à la principale obligation de la
» créature raifonnable, de reconoître Dieu, comme le premier
» principe, c'eft-à-dire comme la première caufe de notre être,
» & comme la fin derniere, c'eft-à-dire, celle à qui on doit
» rapporter toutes fes actions, & toute fa vie : & Dieu eft notre
» fin derniere, parce qu'il nous rend éternellement heureux en
» fe donnant à nous. »

M. de Meaux a cité lui-même cet endroit de fon Catéchifme dans fon Second Avertiffement contre le Miniftre
Jurieu, art. 20. pour montrer avec quelle force il enfeignoit
l'obligation d'aimer Dieu, dans l'endroit même d'où ce Pro-
teftant avoit pris occafion de le calomnier. Et nous le citons
à notre tour contre M. l'Archevêque de Sens, pour lui montrer combien il fe trompe, quand il y croit voir que l'on
n'eft pas obligé de rapporter à Dieu toutes fes actions par
amour, & d'avoir cette vûë fainte & fublime en toute action. Il eft vrai qu'il peut conclure de cet endroit de M. de
Meaux, que le précepte d'aimer Dieu n'oblige pas à faire chaque action par l'intention actuelle & réflechie de la gloire de
Dieu ; ou, ce qui eft la même chofe, par un acte formel &
exprès d'amour & de charité : ce qui n'eft pas la queftion.

Let. Paft. de
M. de Sens.
p. 26. & 27.

Mais il y trouvera en même tems ce que nous venons de
montrer dans fes autres Ouvrages, que l'amour de Dieu n'en
doit pas être moins continuellement en nous le principe intime de toutes nos affections, & de toutes nos actions, foit
qu'on y faffe, ou qu'on n'y faffe pas attention ; & que le précepte nous oblige à rapporter tout à Dieu, du moins par l'intention virtuelle, en quoi confifte la queftion.

Car I°. On y voit que celui qui manque à aimer Dieu,
manque à l'obligation de lui rapporter toutes fes actions, comme à fa fin derniere. D'où il s'enfuit évidemment que M. de
Meaux enfeigne en cet endroit, non feulement que l'on eft
obligé, & comme chrétien, & même comme homme, à raporter toutes fes actions à Dieu, comme à fa fin derniere ; ce
qui s'accorde avec tous fes autres écrits : mais encore que cette obligation ne fe peut remplir que par l'amour ; puifque
manquer à aimer Dieu, c'eft manquer à lui raporter toutes

ſes actions. Ce qui eſt encore parfaitement conforme aux idées que M. de Meaux nous donne lui-même en tant d'endroits, de ce que c'eſt que raporter une action à une fin. C'eſt l'amour du bien que l'on ſe propoſe qui entraîne tout, qui donne le branle à tout, qui porte à agir, & qui eſt le mobile & le principe de chaque action. Et voila, ſelon M. de Meaux, & ſelon les lumieres naturelles, ce que c'eſt que raporter une action à un certain objet ; c'eſt ſe porter à agir par l'amour de cet objet que l'on deſire.

Et on ne peut pas dire que du moins cet amour n'eſt pas un amour de charité. Car outre que cette diſtinction entre le veritable amour de Dieu & la charité, eſt chimerique en elle-même, & contraire à l'Ecriture & à la Tradition ; outre qu'elle eſt inconnuë à M. de Meaux, comme je l'ai montré, on ne peut pas diſconvenir que M. de Meaux ne parle ici de la charité, puiſque c'eſt elle qui nous eſt commandée par le premier précepte, dont il explique l'étenduë & la pratique ; & que perſonne ne peut douter que l'amour de Dieu comme fin derniere, ne ſoit la charité.

I I°. M. l'Archevêque de Sens n'a pas pris garde que M. de Meaux, outre l'obligation particuliere impoſée par le premier Commandement de faire de frequens actes d'amour de Dieu, en marque une generale & continuelle, qui eſt d'être à toute heure & à tout moment diſpoſé à aimer Dieu, & à lui donner des marques de ſon amour, c'eſt-à-dire, à faire des actes marquez & explicites d'amour. Or cette obligation eſt préciſément celle d'agir toujours & en toute action par l'impreſſion au moins virtuelle d'amour de Dieu ; en ſorte que lors même qu'on n'y réflechit pas, ce ſoit néanmoins l'amour de Dieu qui ſoit le mobile & le principe de l'action ; ce qu'on appelle communément avoir l'intention virtuelle.

Car on ne peut entendre par cette diſpoſition actuelle à faire à chaque moment un acte d'amour de Dieu, ni l'acte explicite, ni l'habitude. Ce n'eſt point l'acte formel & explicite, puiſqu'elle eſt moins ſentie & moins apperçüe que l'acte, & que c'eſt ſeulement une diſpoſition à le produire à chaque moment. Ce n'eſt pas non plus l'habitude, puiſque cette diſpoſition peut ſe trouver, & ſe trouve en effet dans des perſonnes qui n'ont pas encore l'amour habituel, com-

me dans les vrais pénitens ; & que d'ailleurs l'habitude est
quelque chose de bien plus morne, plus languiſſant & moins
actif que cette diſpoſition actuelle, qui fait qu'à quelque-tems
que l'on nous demande quelles ſont nos vüës, nous répondons ſur le champ & ſans héſiter, que c'eſt pour la gloire
de Dieu, pour lui plaire, & pour faire ſa volonté que nous
agiſſons.

Mais il eſt bon d'entendre M. de Meaux s'expliquer lui-
même ſur l'intention virtuelle, & de montrer qu'il la fait
conſiſter dans cette diſpoſition, ou, ce qui eſt, dit-il, la même choſe au fond, dans l'acte même qui perſévere ſans qu'on
y penſe. C'eſt dans une de ſes Lettres à Madame de Luynes.
Je préſume qu'on ne ſera pas fâché que je donne ici l'extrait
de cette Lettre, ſans y rien changer ni ajoûter.

» Ce n'eſt pas tant dans les livres, dit-il à cette vertueuſe
» & ſainte Religieuſe, que dans ſon propre cœur, qu'il faut
» chercher la réſolution du doute que vous me propoſez ſur
» l'intention. Et d'abord pour la définir, c'eſt un acte de
» notre eſprit, par lequel nous le dirigeons à une certaine
» fin que la raiſon nous preſente, que la volonté ſuit. Cela,
» comme vous voyez, eſt bien clair. La bonne intention eſt
» celle qui a une bonne fin. La mauvaiſe eſt celle qui en a
» une mauvaiſe.

» C'eſt là cet œil de notre ame, lequel quand il eſt ſim-
» ple, c'eſt-à-dire, quand il eſt droit, tout eſt éclairé en
» nous ; & au contraire, s'il eſt mauvais, tout eſt couvert
» de ténébres, ſelon la parole de Notre Seigneur. Ce n'eſt
» pas là la difficulté : il s'agit de vous faire entendre com-
» ment cette intention ſubſiſte en vertu, lorſque l'acte eſt
» paſſé, & qu'il ſemble qu'on n'y penſe plus.

» Il faut donc diſtinguer l'acte & l'habitude, & tout le
» monde entend cela. Mais ſi nous rentrons en nous mêmes,
» nous y trouverons quelque choſe de mitoyen entre les deux,
» qui n'eſt ni ſi vif que l'acte, ni ſi morne, pour ainſi parler,
» & ſi languiſſant que l'habitude. L'acte eſt quelque choſe de
» marqué & de formel ; comme quand je dis : Je veux aller
» à Rome. On s'avance, on marche, & on ne fait pas une
» démarche, ni un mouvement qui ne tende à cette fin,
» mais on n'y ſonge pas auſſi vivement qu'on avoit fait la
» premiere fois, lorſqu'on avoit pris ſa réſolution : on ne

laiſſe

» pas néanmoins d'aller toujours , & tous les pas qu'on fait , se
» font en vertu de cette premiere résolution si marquée. Ce qui
» fait aussi que si quelqu'un nous arrête , pour nous demander
» où nous allons, nous répondons aussi-tôt sans hésiter que nous
» allons à Rome. On demande ce qu'il y a dans l'esprit qui
» nous fait parler ainsi. Je répond premierement qu'il n'im-
» porte pas de le sçavoir. Il suffit de sçavoir que la chose est,
» & trop de subtilité dans ces choses ne fait qu'embrouiller.
» En second lieu, je répond que ce qui reste, c'est l'acte même,
» mais plus obscur & plus sourd, parce qu'on n'y a pas la même
» attention. Car il faut soigneusement observer que l'acte &
» l'attention à l'acte sont choses fort distinguées ; de sorte qu'il
» peut arriver qu'un acte continuë, encore qu'on n'y pense pas
» toujours également : d'où après, en diminuant l'attention
» par dégrez, il peut arriver qu'on n'y pense gueres, ou point
» du tout ; ce qui ne détruit pas l'acte ; mais le laissant en son
» entier , fait seulement qu'il demeure un peu à l'écart, par ra-
» pórt au regard de l'ame, c'est-à-dire à la réflexion , jusqu'à
» ce qu'on nous réveille, comme on feroit à notre voyageur en
» lui demandant : où allez-vous ? à quoi il répond d'abord , je
» vais à Rome, ce qui ne demande pas qu'il fasse réflexion sur
» celui qu'il avoit déja fait, & qui subsistoit sourdement & ob-
» scurément dans son esprit, sans qu'il songeât à y regarder.
» A vrai dire, cela n'a point de difficulté. On pourroit dire
» qu'il en est de cet acte, comme d'un trait qu'on lance , &
» qui avance en vertu de la premiere impression qui n'est plus.
» Après la direction de l'esprit qui s'apelle intention & résolu-
» tion, il y reste une impression qui le fait tendre à la même
» fin. Mais qu'est-ce que cette impression ? Je dis que c'est
» l'acte même : ou si on ne le veut pas de cette sorte , c'est une
» disposition en vertu de laquelle on est toujours prêt à en faire
» un autre semblable. Mais j'aime encore mieux dire que c'est
» le même acte qui subsiste sans qu'on y ait la même attention,
« quoiqu'au fond il importe peu , & que ces deux manieres de
» s'expliquer ne different gueres. »

Par là il est bien évident que l'obligation générale & continuelle d'observer le grand commandement de l'amour dont
M. de Meaux parle dans son Catéchisme & qu'il fait consister
à n'aimer rien en aucun tems plus que Dieu , & à être à toute
heure , & à tout moment disposé à aimer Dieu ; c'est-à-dire à

faire un acte d'amour de Dieu, comme un bon fils est toujours disposé à aimer son pere, & à lui donner des marques de son amour; il est, dis-je, évident que cette obligation générale & continuelle est précisément l'obligation de faire toutes ses actions au moins par l'impression virtuelle de l'amour de Dieu; puisque c'est dans cette disposition actuelle qu'il fait consister l'intention virtuelle, & que cette disposition n'est au fond que l'acte même d'amour qui subsiste, qui fait tendre à Dieu sans qu'on y fasse la même attention, & qui est toujours le principe intime qui fait agir.

M. de Meaux continuë. » La difficulté consiste à sçavoir » quand est-ce que cet acte cesse; & comment. Mais 1°. il est » constant qu'il cesse par une longue interruption de la réfle- » xion qu'on a faite.

» C'est ici que les Docteurs se tourmentent à chercher quel » tems il faut pour cela. Mais la question est bien vaine, puis- » qu'il est certain qu'il n'y a pas là de tems précis & déterminé; » & l'acte dure plus ou moins dans sa vertu, selon qu'il a été » plus ou moins fort, lorsqu'il a été commencé: comme l'im- » pression dure plus long-tems dans le trait ou dans la pierre, » selon que l'impulsion a été plus grande. Ce qu'on peut dire, » c'est que régulierement le sommeil emporte une interruption » inévitable à un acte libre, à cause de la suspension qui arrive » alors dans l'usage de la liberté & de la raison. C'est pourquoi » aussi on conseille de renouveller ses bonnes résolutions en s'é- » veillant. 2°. On doit dire qu'une grande occupation de l'es- » prit cause aussi une interruption; parce que deux actes ne » peuvent pas se trouver ensemble dans un dégré éminent & » fort; de sorte qu'ordinairement l'un efface l'autre en cet état.

» Le moyen d'éviter tout embarras c'est de renouveller de » tems en tems ses bonnes résolutions: Et aussi quand on l'a » fait sérieusement, il ne faut pas s'embarasser, si l'acte subsiste; » puisqu'il est certain qu'il peut subsister long-tems, & souvent » des journées entieres sans qu'on y pense.

» Quelques Docteurs estiment qu'il peut être fait avec tant » de force qu'il subsiste plusieurs années, même au travers du » sommeil & des autres occupations, à cause de l'éminence & » de la vertu de cet acte; ce qu'il n'est pas nécessaire de com- » battre; puisque régulierement cela n'est pas ainsi: & que c'est » assez pour voir qu'il ne faudroit pas s'y fier; outre qu'il paroît

» manifeſtement contradictoire qu'un acte ſoit auſſi fort qu'on
« le dit, & qu'à la fois on ceſſe d'y penſer un très-long-tems;
» puiſque le propre des ſentimens qui nous tiennent fort au
» cœur, c'eſt de revenir ſouvent, & de s'attirer ſouvent notre
» attention.

» Au reſte il faut ici remarquer qu'il y a des vérités ſi ſimples
» qu'elles nous échapent quand on entreprend de les entendre
» mieux qu'on n'a fait. Si quelqu'un vouloit définir ce que
» c'eſt qu'aſſurer, ou que nier, ou qu'une ſcience certaine, ou
» qu'un doute, & chercher à ajouter quelque choſe à la pre-
» miere & droite impreſſion, que ces mots font d'abord dans
» notre eſprit; il ne feroit que ſe tourmenter & s'alémbiquer
» pour mieux entendre ce qu'il auroit déja entendu parfaite-
» ment du premier coup.

» Il en eſt de même de l'intention virtuelle que chacun trou-
» ve en ſoi-même ſi-tôt qu'il l'y cherche. Delà il ſuit clairement
» qu'elle ſuffit pour les Sacremens en toute opinion, & pour le
» mérite : parce que c'eſt ou l'acte même continué plus ſourde-
» ment, ou quelque choſe d'équivalent à l'acte.

» Pour en venir à ce qui vous touche en votre particulier, ne
» croyez jamais, ma fille, que vous ayez révoqué vos réſolu-
» tions ſans que vous en trouviez en vous-même une révoca-
» tion marquée, & croyez encore moins qu'elles ceſſent, pour
» ainſi parler, comme d'elles-mêmes par une interruption de
» quelques momens, ou même de quelques heures; puiſqu'il
» eſt bien certain que non; & que les actes durent plus ſans diffi-
» culté que la réflexion qu'on y fait.

» Allons ſimplement avec Dieu, quand notre conſcience ne
» nous dicte point que nous ayons changé de penſée & de ſen-
» timent : croyons que cette même penſée & ce même ſenti-
» ment ſubſiſtent toujours. Les actes qu'on aperçoit vivement
» ne ſont pas toujours les meilleurs. Ce qui naît comme natu-
» rellement dans le fond de l'ame, ſans qu'on y penſe, c'eſt ce
» qu'elle a de plus véritable & de plus intime : & ces intentions
» extrêmes qu'on fait venir dans l'eſprit, comme par force, ne
» ſont ſouvent autre choſe que des imaginations & des paroles
» priſes dans notre mémoire comme dans un livre. »

Je n'ai pas beſoin de faire ici aucunes réflexions. Tout le
monde les fera aiſément de ſoi-même.

J'ai, ce me ſemble, démontré que l'obligation de tendre à

Dieu dans toutes ses actions comme à sa fin dernière, comme à son vrai & unique bien, de l'aimer en toutes choses & par dessus toutes choses, de faire tout par le principe intime de son amour; en un mot de lui raporter toutes nos actions par l'impression au moins virtuelle de son amour qui est la charité, est ce qu'il y a de plus constant & de mieux établi dans la doctrine de M. de Meaux. On voit ici bien clairement que, quoique nous ne fassions pas toujours attention à l'amour qui nous remuë & qui nous fait agir, il n'en est pas moins intime, ni moins réel, ni moins efficace; & que bien loin que la distraction où l'homme se trouve comme nécessairement en cette vie puisse l'empêcher d'aimer Dieu continuellement, & d'agir en tout par cet amour, c'est au contraire un motif qui doit le presser de multiplier tellement les actes d'amour & de s'exciter à les faire si forts qu'ils puissent durer & subsister plus long-tems que l'attention qu'on y peut faire : enforte que malgré nos distractions, nous ne manquions jamais à l'obligation de tendre à Dieu, comme à notre fin dernière dans toutes nos actions, & de n'être animé d'aucun autre désir que de lui plaire, de nous conformer à sa sainte volonté, regle immuable & éternelle de la nôtre.

Let. Past. de
M. de Sens.
p. 13. & 14.
§. 20.
Le second témoignage de M. de Meaux cité par M. l'Archevêque de Sens pour combattre l'obligation de faire toutes nos actions par le principe de la charité, est tiré *de la Justification des Réflexions morales*. M. de Meaux y prouve que les actes de foi & d'espérance que font les pécheurs pénitens, bien loin d'être des péchés, font bons & salutaires. M. de Sens en conclut qu'il n'est donc pas nécessaire qu'une action, pour être bonne & salutaire, ait la charité commencée pour principe. Il ne peut comprendre comment on peut soutenir l'obligation de faire tout par amour, & par la charité du moins commencée, sans être obligé de dire que les actes de foi & d'espérance que font les pécheurs pénitens, font autant de péchés : & ce qui est admirable, il prétend s'appuïer de l'autorité de M. de Meaux, qui enseigne nettement ces deux choses, & qu'il faut tout faire par amour, & que les actes de foi & d'espérance que le Saint Esprit met dans les pécheurs, ne font pas des péchés; mais qu'ils font au contraire très-bons, & très-salutaires.

Pour montrer à M. de Sens comment cela s'accorde, il n'y a qu'à lui faire voir par l'endroit même qu'il cite, que ces actes de foi & d'espérance font visiblement animés d'un commencement d'amour, chaste de Dieu ; & que c'est pour cela même qu'ils sont bons, & salutaires. » Ces actes, dit M. de » Meaux, preparent à la charité, & sont donnés par raport à » elle. Or rien, selon M. de Meaux, ne peut préparer à la » charité, que la charité même, la charité commencée à la » charité habitante, & justifiante. » C'est pourquoi il dit ailleurs : Que c'est par l'amour commencé qu'il faut se préparer le chemin à l'amour parfait, c'est-à-dire formé & dominant, qui est la disposition prochaine à la justification. Ces actes sont donc animés de la charité commencée ; & c'est avec raison que, selon le langage établi, on les comprend sous la charité.

Justific. des Réflex. Mor. §. 20. p. 80. §. 21. p. 85.

2. Avertiss. contre Jurieu, art. 20.

Justif. §. 20. p. 80.

Ces actes sont en effet *formés par le Saint Esprit*, qui est un esprit d'amour & de charité. Ils commencent la conversion du pécheur. Ils tournent donc son cœur vers Dieu ; ce qui ne peut se faire que par l'amour au moins commencé. » Ils posent le fondement, & une espece de commencement » de la sainte dilection. Ils renferment donc le commence- » ment de la charité qui est cette sainte dilection. Le Saint » Esprit les raporte à la fin de la charité. Ce qui ne peut » se faire que par le désir de cette charité qu'il inspire, & » dont ces actes sont animés. Ils disposent naturellement » le cœur au saint & parfait amour ; parce que de leur na- » ture ils font tendre à la charité (parfaite. ») Or le désir de la charité parfaite, par lequel ces actes lui sont raportés, ne peut être sans une charité commencée ; & cette tendance du cœur à la charité en est bien certainement le commencement. » Par ces actes l'ame reçoit une impression pour s'éloigner » du péché & s'unir à Dieu. Or l'union de l'ame à Dieu est » amour & charité, & on n'y peut tendre que par un com- » mencement d'amour. C'est pour cela que ces actes sont » utiles, bons, & salutaires. » Ils ne sont donc tels que parce qu'ils sont animés de la charité commencée.

Ibid.

Page 81.

2. Avertiss. contre Jurieu, art. 20. Justific. p. 83.

Il est vrai que M. de Meaux dit qu'ils ne sont pas faits entierement comme il faut, parce qu'on ne les rapporte pas *encore assez* à la charité qui est la fin du précepte : mais cela même signifie qu'ils sont déja faits comme il faut, quoique non entierement, & qu'ils sont déja rapportez à la charité parfaite, quoique non encore assez ; parce qu'en effet ils ne font point encore animés de la charité parfaite, qui seu-

Ibid.

le les fait entierement comme il faut, & les rapporte parfaitement & autant qu'ils doivent l'être : mais seulement de la charité commencée, par laquelle on desire & on s'éforce de s'unir parfaitement à Dieu, c'est à-dire de parvenir à la charité parfaite.

A quoi donc a pensé M. de Sens, quand pour appuyer son ruineux système, & son prétendu argument tiré de la foi & de l'esperance, il a eû récours à un endroit dont chaque ligne fournit une preuve contraire ? Je pourrois encore citer ici plus

Catéchisme. Elevat. T. 1. Médit. Expo-sit, de la do-ctrine du Con-cile de Trente.

d'un ouvrage de M. de Meaux où il établit expressément, & à dessein, que la foi chrétienne, & à plus forte raison l'esperance, n'est point sans un commencement d'amour chaste de Dieu ; & que c'est le propre caractere de ces deux vertus d'être agissantes par l'amour.

Médit. T. 1. P. 473.

En effet l'amour est un consentement & une union à ce qui est juste & ce qui est meilleur. Dieu est perfection, justice, bonté, verité. L'attachement du cœur & l'adhésion à cette souveraine perfection, justice, bonté & verité, est le sincere amour de Dieu. C'est ainsi, dit M. de Meaux, que Dieu exprime lui-même l'amour qu'il nous commande. *Mihi adhærere Deo bonum est* : Mon bien est de m'attacher à Dieu. Or il est visible que tout cela commence par la foi & par l'esperance, & on ne peut ni concevoir, ni definir ces vertus, sans cette adhesion, & cette tendance de l'ame vers Dieu. Elles ne peuvent donc être sans un commencement d'amour. Mais j'espere que j'aurai bientôt occasion de traiter plus au long cette matiere ; & ma Lettre est déja trop longue.

J'ai passé les bornes que je m'étois prescrites ; ce n'est cependant là qu'un échantillon de la discussion théologique que je m'étois proposé de faire de la nouvelle Lettre Pastorale de M. l'Archevêque de Sens, ainsi que je l'ai marqué dans ma réponse à la Lettre qu'il me fit l'honneur de m'écrire en m'envoyant cette Lettre Pastorale : Mais la vôtre, Monseigneur, me dispense pleinement de ce travail, & m'a obligé à me réduire à vous faire part de ce que je pense de l'une & de l'autre.

Je me suis déja tant de fois si nettement expliqué sur ce grand devoir de tout faire pour la gloire de Dieu, & par quelque impression d'une charité aumoins commencée, de ne tendre dans toutes nos actions qu'à Dieu seul, comme à no-

tre fin derniere, & de ne chercher qu'à lui plaire, & à faire
sa volonté en toutes chofes ; que le public, & fur tout les peuples qui me font confiés ne peuvent ignorer, combien je fens
l'importance de la grande maxime dont il s'agit. Si néanmoins
il étoit neceffaire de parler encore, je pourrois bien quelque
jour faire part à mon Diocêfe de ce que j'ai l'honneur de vous
écrire aujourd'hui, afin de faire fentir de plus en plus, s'il eft
poffible, jufqu'à quel point on dégrade notre fainte Religion,
quand on s'écarte de cette maxime, & qu'on a le malheur de
la méconnoître, & de la combattre. Il eft bien trifte de voir
un Archevêque dans un fi funefte engagement. Mais ne de-
vons-nous pas efperer que, lorfqu'il y aura fait toute l'attention que l'affaire demande, il reviendra à de meilleurs fentimens : & que s'il veut bien comparer les fondemens folides
fur lefquels cette fainte maxime eft appuyée avec les raifons
frivoles qui l'ont féduit, il reconnoîtra enfin combien il a eu
tort de changer le Catechifme, & d'entreprendre à fon ar-
rivée dans notre Province d'en abolir la fainte Tradition ?
   Pour moi, je ne fçai fi les defirs de mon cœur ne me
trompent point ; mais j'efpere contre toute efperance. Quoiqu'il en arrive, je fuis du moins bien affuré que tous les
efforts des hommes n'obfcurciront jamais une lumiere fi écla-
tante, que la verité que nous défendons fubfiftera toujours
dans le cœur des Fideles, & que tôt ou tard elle triomphera
dans l'Eglife de JESUS-CHRIST. Amen.

   J'ai l'honneur d'être avec le plus fincere refpect,

MONSEIGNEUR,

Votre très-humble &
très-obéiffant ferviteur,
A Troyes, ce 20e   † J. BENIGNE, Ev. de Troyes.
  Février 1732.

ORDONNANCE

DE MONSEIGNEUR

L'ARCHEVÊQUE DE SENS,

PRIMAT DES GAULES ET DE GERMANIE.

Contenant la condamnation du Livre de l'Apologie pour les Casuistes, &c.

OUIS-HENRY DE GONDRIN, Par la grace de Dieu, Archevêque de Sens, Primat des Gaules & de Germanie, à tous les Fideles commis à notre conduite Pastorale dans l'étenduë de nôtre Diocése; Salut & bénédiction en Notre Seigneur JESUS-CHRIST,

S'il étoit vrai que les fausses opinions des Casuistes pussent servir d'une légitime excuse à ceux, qui en les suivant, violent la Loi de Dieu, nous aurions moins sujet de nous mettre en peine d'arrêter la licence qu'ils se donnent, d'introduire tant de nouveaux relâchemens dans la Morale de l'Eglise. Mais parce que cette prétention même est une de leurs plus grandes & plus pernicieuses erreurs, nous ne pouvons nous dispenser d'employer l'autorité que Dieu nous a donnée, pour empêcher que les ames qui nous sont commises ne soient misérablement trompées par tant de mauvaises maximes qu'on leur veut faire passer pour sures en conscience.

C'est pourquoi les Curez de notre ville Metropolitaine nous ayant representé, qu'on y avoit débité, aussi bien qu'en plusieurs autres endroits de ce Diocése, un nouveau Livre, intitulé: *Apologie pour les Casuistes contre les Calomnies des Jansenistes*, qui contenoit en abregé les principales corruptions de cette mauvaise morale, nous avons crû que c'étoit une occasion que Dieu nous offroit pour condamner dans un seul Livre ce qui est répandu en tant d'autres, & pour soûtenir en même temps la sainteté de l'Eglise contre tant d'excès qui la deshonorent.

Nous avons donc examiné ce nouveau Livre, tant par nous-mêmes que par des Théologiens habiles, séculiers & réguliers, à qui nous avons donné le soin de le lire, & de nous en rapporter leur jugement. Et nous avons en effet reconnu par cet examen, qu'il fait un horrible renversement dans toute la doctrine des mœurs, & qu'il n'y a presque rien qu'il n'y altere & qu'il n'y corrompe.

Car

Car, si on considere les maximes les plus generales, il renverse les deux regles immuables de nos actions, la Loi éternelle de Dieu, & la propre conscience par la doctrine de la probabilité, qui consiste à soutenir que toutes les opinions probables, vrayes ou fausses, conformes ou contraires à la loi naturelle, sont également sures : qu'on ne court aucun danger d'être puni de Dieu en violant ses commandemens, pourvû qu'on les viole en suivant l'avis de quelques Casuistes: qu'on peut même sans aucun peché suivre l'opinion la moins probable & la moins sure, en la préferant à celle qui seroit en même temps & plus probable & plus sure.

Il détruit la fin de nos actions, qui est l'ame de la Morale, selon les Payens mêmes, en décriant comme une erreur l'obligation qu'ont les Chrétiens de rapporter toutes leurs actions à Dieu, selon les paroles expresses de Saint Paul : *Soit que vous mangiez, soit que vous buviez, ou que vous fassiez quelqu'autre chose que ce soit, faites tout pour la gloire de Dieu*, qui ont été prises par les Peres, par Saint Thomas, & par les plus sçavans interprètes de l'Ecriture, pour un véritable précepte, auquel on ne sçauroit manquer sans quelque peché ou mortel ou véniel. Et il passe même jusqu'à cet excès, que d'approuver cette maxime Epicurienne, qu'un Chrétien peut rapporter ses actions à la seule volupté corporelle, recherchée pour elle-même, & qu'ainsi il n'y a pas seulement une légere faute à manger tout son saoul, & jusques à un excès honteux, sans nécessité & pour sa seule volupté.

Enfin, il n'y a point de maxime touchant les mœurs, plus pernicieuse, & qui excuse plus de pechez, que celle du P. Bauni Jésuite, autorisée par ce nouveau Livre, qui est, que nulle action ne peut être imputée à peché, si on n'en connoît le bien & le mal, & si on n'y fait réflexion : d'où il conclud que les pecheurs qui n'ont ni lumieres ni remors, lorsqu'ils blasphement, & qui se plongent dans leurs débauches, ne pechent point par ces actions, s'ils n'ont aucune connoissance du mal ; ce qui enferme une erreur manifeste, puisqu'il n'y auroit point de peché d'ignorance, ni de passion, contre la définition des Conciles, & les témoignages exprès de l'Ecriture & des Peres.

Si on considere la plus inviolable de toutes les loix, qui est le Décalogue, ce Livre apprend à en violer les plus importants préceptes, en se donnant la liberté d'y apporter des exceptions, qui n'ont aucun fondement dans l'Ecriture ni dans la Tradition ; mais dans la seule dépravation de l'esprit humain. De sorte que la loi de Dieu demeurant seulement dans une idée générale, elle n'aura de lieu en particulier, qu'autant que les hommes passionnez & aveuglez dans leurs interêts, trouveront raisonnables de l'observer. C'est par ce faux principe qu'il défend tant d'opinions détestables, touchant l'homicide, la calomnie, les vols domestiques, les corruptions des Juges, & qu'il se joüe des Loix divines & humaines touchant les usures.

Les choses saintes n'y sont pas plus épargnées, par la maniere toute profane qu'il autorise d'assister au saint Sacrifice de la Messe ; & par les voyes simoniaques & criminelles qu'il ouvre à la cupidité des hommes, pour entrer dans les charges de l'Eglise.

Mais ç'eût été peu à cet Auteur d'avoir ouvert aux hommes un si grand nombre de précipices, en leur représentant tant de pechez comme permis, s'il n'eût encore trouvé moyen de les entretenir dans ceux mêmes qu'il n'a

H

oſé leur permettre en décriant les véritables remedes qui les en pourroient guerir, pour en ſubſtituer de faux en leur place ; & en ruinant la véritable conduite des Paſteurs à l'égard des pénitens, pour en introduire une autre qui n'eſt capable que de les tromper. C'eſt ce qu'il fait par ſes maximes touchant la Confeſſion, les occaſions prochaines & les récidives. Car il approuve & autoriſe divers artifices indignes des Chrétiens, & entiérement contraires à l'eſprit de pénitence, pour faire éviter aux pecheurs la confuſion qu'ils méritent dans la confeſſion de leurs crimes, laquelle ils devroient au contraire rechercher, comme la premiere ſatisfaction que Dieu demande d'eux, pour les recevoir dans ſa grace.

Il reconnoît comme une diſpoſition ſuffiſante pour recevoir la rémiſſion de ſes pechez, la crainte ſeule, ſans aucun mélange de l'amour de Dieu, & même conçûë par le ſeul motif des châtimens temporels. Il permet de demeurer dans les occaſions prochaines du peché. Il ſoûtient qu'on doit donner l'abſolution aux pecheurs, dans quelque habitude de vices qu'ils puiſſent être. Il ne veut pas même qu'on les oblige à déclarer leurs habitudes. Et enfin il oblige les Confeſſeurs à cette conduite plus que ſervile, de croire les pénitens ſur leur parole, quoiqu'ils ne donnent point d'autres ſignes de douleur, que des promeſſes cent fois violées.

On ne peut rien ajoûter à l'excès de ces erreurs, qui détruiſent en même temps tous les ſentimens de pénitence, de ſincerité, & d'humilité dans les pecheurs, & toutes les regles de la prudence Chrétienne dans les Confeſſeurs ; & qui ne peuvent ainſi ſervir qu'à perdre miſérablement les uns par l'abus du Sacrement de pénitence, & les autres par l'abus de leur miniſtere.

Mais outre ces fauſſes maximes, & pluſieurs autres importantes qui ſont contenuës dans les qualifications particulieres que nous en avons faites pour inſtruire nos Eccleſiaſtiques, nous avons encore conſideré que ce Livre eſt rempli d'une infinité de calomnies ſcandaleuſes & ſéditieuſes, & qu'il déchire les vivants & les morts par de noires impoſtures, n'épargnant pas même la pureté des Vierges Religieuſes.

Toutes ces choſes jointes enſemble nous ayant fait connoître combien ce Livre étoit capable d'infecter & de corrompre les ames de ceux qui le liroient, nous ont obligé d'uſer des remedes que notre autorité nous met en main. Et c'eſt pourquoi nous l'avons condamné & condamnons, comme contenant un grand nombre de maximes, fauſſes, pernicieuſes, impies & contraires à l'Evangile ; qui corrompent les mœurs des Chrétiens, & la ſainteté de notre Religion, ſervent de ſcandale aux Fideles dans l'Egliſe, en y cauſant leur perte, & aux heretiques hors de l'Egliſe, en les empêchant d'y revenir ; & de plus, comme rempli par tout de calomnies & d'impoſtures, qui ne peuvent que ſoüiller la conſcience de ceux qui y ajoûteroient foi. Avons fait & faiſons défenſes à toutes perſonnes de l'un & de l'autre ſexe ſoûmis à notre Juriſdiction, de lire, garder, vendre ou débiter ledit Livre intitulé : *Apologie pour les Caſuiſtes*, & ce ſur les peines de Droit. Donné à Sens, en notre Palais Archiepiſcopal, le troiſiéme jour de Septembre mil ſix cens cinquante-huit.

Ainſi ſigné,

LOUIS-HENRY DE GONDRIN, Archevêque de Sens.

Et plus bas, Par Monſeigneur, DAIGNAN. *Et ſcellé du grand ſceau de l'Archevêché.*

La fufdite Ordonnance a été publiée dans le Synode general ; ce re-
querant le Promoteur fur la demande de tout ledit Synode , le quatre Septembre de la même année.

Signé, Le Riche & Thierriat , Greffiers.

ORDONNANCE

DE

L'ASSEMBLÉE PROVINCIALE

DE SENS,

Contenant la condamnation du Livre intitulé : *Apologie*
pour les Cafuiftes contre les calomnies des Janfeniftes , &
le renouvellement & approbation des Cenfures qui ont été
faites de ce Livre par Monfeigneur l'Archevêque de Sens,
& Monfeigneur l'Evêque de Nevers.

Louis-Henry de Gondrin , Par la grace de Dieu , Archevêque
de Sens , Primat des Gaules & de Germanie; Eustache de
Chery , Evêque de Nevers; François Mallier , Evêque de
Troyes; Pierre de Broc , Evêque d'Auxerre ; Laurent de Chery,
Evêque de Tripoli , Coadjuteur & futur fuccefleur de l'Evêque de Nevers,
affemblez en corps de Province avec les Députez du fecond Ordre ; A tous
les Fideles commis à notre conduite Paftorale dans l'étenduë de la Pro-
vice de Sens : Salut & bénédiction en Notre Seigneur Jesus-Christ.

Les excès des Cafuiftes modernes , recüeillis dans leur Apologie , font
fi vifibles à tous ceux qui ont quelque connoiffance de l'Evangile & de
l'Efprit du Chriftianifme , qu'on peut dire qu'ils font du nombre de ces
défordres dont Saint Paul dit qu'ils précedent le Jugement de l'Eglife; *Sunt*
quædam peccata præcedentia ad Judicium , & qu'encore qu'on n'en eût fait
aucune cenfure , tous les Fideles avoient droit de les avoir en horreur ,
parce que comme l'équité fouveraine de la Loi de Dieu eft juftifiée par
elle-même , felon la parole de l'Ecriture , ainfi ces maximes pernicieufes
& déteftables font condamnées par elles-mêmes , & par la contrarieté ma-
nifefte qu'elles ont avec les principes de notre Religion.

C'eft pourquoi l'on ne doit pas douter , que tant de célebres Archevê-
ques & Evêques , ayant joint l'autorité de leurs Jugemens à l'averfion publique , que toutes les perfonnes de pieté avoient conçuë de ce Livre,
contre lequel Sa Sainteté a voulu auffi fe déclarer par un Décret exprès;
ceux d'entre Meffeigneurs les Evêques dont on n'a point vû de Cenfures

H ij

particulieres ne foient unis de fentimens avec leurs confreres ; & que s'ils font demeurez dans le filence, ç'a été feulement, ou parce que ce Livre n'avoit point paru dans leur Diocéfe, ou parce qu'ils ont crû que la condamnation des autres fuffifoit pour le détruire : comme tout le monde fçait que de très-grandes herefies ont été condamnées par les Evêques des lieux où elles étoient nées, le refte des Prélats s'eft fouvent contenté de fe joindre à leur Jugement par un confentement tacite, qui a fait qu'on les a regardées depuis comme condamnées par toute l'Eglife.

Néanmoins comme on ne fçauroit apporter trop de foin & trop de précaution pour arrêter le cours d'un mal fi préjudiciable au falut des ames, fur ce qui a été repréfenté dans notre Affemblée Provinciale, que nonobftant les cenfures de ce Livre ci-devant faites par Monfeigneur l'Archevêque & Monfeigneur l'Evêque de Nevers, il fe trouve encore des perfonnes qui le foûtiennent, & qui s'en fervent pour féduire les confciences, fous prétexte que ces cenfures ne font pas publiées univerfellement dans tous les Diocéfes de cette Province : l'Affaire murement examinée, & après que nous en avons reconnu l'importance, comme ayant tous une parfaite connoiffance que ce Livre eft entiérement pernicieux, contraire à l'Evangile & aux maximes fondamentales du Chriftianifme : Délibération prife par Diocèfes, Nous avons, d'un commun confentement, confirmé les cenfures qui ont été ci-devant faites, par Monfeigneur l'Archevêque & par Monfeigneur l'Evêque de Nevers, que nous avons reconnuës très-juftes & très-légitimes, après un examen très-exact. Nous déclarons qu'on ne doit plus les regarder que comme appartenantes à tous les Diocéfes de cette Province, & que nous reconnoiffons pour nôtres, non-feulement les Ordonnances générales de Monfeigneur l'Archevêque & Monfeigneur l'Evêque de Nevers contre l'*Apologie*, mais auffi les qualifications particulieres qui ont été dreffées par Monfeigneur l'Archevêque, & que nous avons crû devoir inférer dans cette Ordonnance, traduites en langue vulgaire, afin que les Fidéles que Dieu a foûmis à notre conduite, y apprennent les fentimens qu'ils doivent avoir de ces honteux relâchemens, par lefquels on tâche en ce tems d'alterer la fainteté de la Morale de Jefus-Chrift, & qu'ils ayent ainfi plus de moyen de fe garder de ces routes égarées, qui paroiffent droites à l'aveuglement humain, & qui ne laiffent pas de conduire à l'enfer, felon l'Ecriture.

CENSURE d'un Livre intitulé : *Apologie pour les Cafuiftes contre les calomnies des Janfeniftes*, faite premiérement par Monfeigneur l'Archevêque de Sens en 1658. & autorifée depuis par l'Affemblée Provinciale qu'il a tenuë à Sens, le onziéme May 1660.

DE LA PROBABILITÉ.

Apol. pag. 46. La vraye-regle que fuivent les Cafuiftes, enfeigne que dès-là qu'une opinion eft probable, elle eft fi affurée, qu'on ne court point de rifque de fe damner en la fuivant...... Ce qui me fait ajoûter, qu'une opinion moins probable n'eft pas moins affurée, qu'une qui eft plus probable.

I. Censure.

Cette doctrine qui enseigne que toutes les opinions probables, quoiqu'elles puissent être fausses, & qu'elles soient souvent en effet, sont néanmoins sûres en conscience ; & qui promet ainsi la sûreté, & l'exemption de peché aux aveugles ; c'est-à-dire, à ceux qui suivent une regle fausse, & contraire à la loi éternelle ; est fausse, erronnée, & contraire à l'Ecriture. Elle détruit la premiere, & la souveraine regle de nos actions, qui est la loi éternelle. Elle éteint dans le cœur des Chrétiens l'amour, & la recherche de la loi divine, & de la verité Evangelique. Elle anéantit la nécessité de l'une & de l'autre, & inspire une pernicieuse confiance dans les opinions des hommes.

Apol. pag. 45. Object. Les Casuistes enseignent que de deux opinions probables on peut suivre celle qui est la moins sûre. 2. Que de deux opinions probables on peut choisir celle qui a moins de probabilité ; & que cette probabilité ne dépend pas tellement du nombre des Auteurs, qu'on ne puisse suivre le sentiment d'un seul, quoiqu'il soit opposé à celui de plusieurs qui lui sont contraires. Resp. Il est vrai que les Casuistes tiennent ces trois maximes ; & je soutiens que les trois opposées que les Jansenistes insinuent en condamnant les nôtres, sont préjudiciables aux consciences, impossibles en pratique, & qu'elles ouvrent la porte aux illusions.

II. Censure.

Cette doctrine qui permet de suivre l'opinion la moins probable, & la moins sûre, en la préferant à la plus probable, & à la plus sûre (c'est-à-dire, qui permet de faire une chose dont on juge qu'il est plus probable qu'elle est défenduë que non pas qu'elle est permise), & qui assure que l'autorité d'un seul Ecrivain suffit pour la probabilité d'une opinion, est fausse & perilleuse, ouvre la porte à une infinité de corruptions ; détruit entiérement la seconde regle des actions humaines ; qui est la bonne conscience, & par conséquent est erronnée, & contraire à Saint Paul, & engage ceux qui la suivent dans un peril évident de leur salut.

Apol. pag. 41. Passons aux Rois : Je vous demande s'ils ont toujours des convictions évidentes de leur bon droit, quand ils entreprennent des guerres, & quand ils font des levées extraordinaires sur leurs sujets ? Pag. 41. De quoi s'entretiennent les Parlemens & autres Cours, sinon de probabilitez ? Sur quoi sont fondez les jugemens, si ce n'est sur des probabilitez ?

III. Censure.

Cette doctrine est injurieuse aux Rois, & aux Magistrats, peut troubler la paix & la tranquillité publique, & ouvre le chemin aux injustices, & aux séditions.

DE LA CONNOISSANCE DU BIEN ET DU MAL nécessaire pour pecher.

Apol. pag. 23. Object. Le Pere Bauny, & les autres Théologiens & Casuistes disent que pour pecher & se rendre coupable devant Dieu, il faut sçavoir que la chose qu'on veut faire, ne vaut rien, ou au moins en douter, craindre ou bien juger que Dieu ne prend pas plaisir à l'action à laquelle on s'occupe, qu'il la défend, & nonobstant la faire, franchir le saut, & passer outre. Resp..... Je soutiens que la Proposition du Pere Bauny est vraye, & que

H iij

celle des Janseniftes est fausse & scandaleuse dans ses suites.

Pag. 26. La premiere conséquence
très-pernicieuse & très-scandaleuse qui
suit de cette erreur, est qu'un grand
nombre de Chrétiens qui pechent par ignorance contre le Décalogue, seront dam-
nez faute d'instruction.

Pag. 38. Si les pecheurs parfaits &
achevez, n'ont ni lumiere ni remors,
lorsqu'ils blasphement, & qu'ils se plongent dans leurs débauches; s'ils n'ont
aucune connoissance du mal, je soutiens
avec tous les Théologiens, qu'ils ne pechent point par ces actions, qui tiennent
plus de la béte que de l'homme; parce
que sans liberté il n'y a point de peché:
& pour avoir la liberté d'éviter le peché, il faut connoître du bien & du mal
dans l'objet qui nous est proposé. Je dis
aussi qu'en cette rencontre les Théologiens ne reconnoissent point des graces
suffisantes, d'autant que Dieu ne les
donne qu'à ceux qui se servent de la raison, & non aux enfans, aux fols, à
ceux qui dorment, & à ceux qui agissent
par emportement de quelque passion.

IV. CENSURE.

Ces propositions d'où il s'ensuit
que tout ce qui se fait par l'ignorance du bien, & du mal, ou par un
transport de passion, est exempt de
peché, & sans liberté, ou que l'on
ne commet jamais rien par ignorance contre la loi de Dieu: sont manifestement contraires à l'Ecriture
sainte, aux Peres, & aux prieres des
Fideles; & fournissent un prétexte
facile pour excuser les plus grands
desordres.

DE L'OBLIGATION
DE RAPPORTER TOUTES NOS
Actions à Dieu.

Apol. pag. 165. S'ils n'ont à nous
débiter que les erreurs de ceux qui tiennent pour maxime que les Chrétiens doivent en toutes leurs actions aimer Dieu,
& qu'il n'y a point d'action vertueuse,
si elle n'est commandée par la charité,
nous n'approuvons point ces erreurs.

V. CENSURE.

Cette Proposition accusant d'erreur
une doctrine très-sainte, selon laquelle il est commandé à tous les
Chrétiens de rapporter ou actuellement, ou virtuellement toutes leurs
actions à l'honneur de Dieu, est témeraire, fausse, injurieuse aux Peres, à S. Thomas, & aux plus célebres Théologiens, lesquels ont toujours reconnu dans ces paroles de S.
Paul: Que toutes vos actions soient
faites en charité. Et dans celles-ci:
Soit que vous mangiez, soit que vous
bûviez, soit que vous fassiez quelque
autre chose, faites tout à la gloire de
Dieu: un véritable commandement
qu'on ne peut manquer d'accomplir
sans quelque peché ou mortel ou
véniel.

DES VOLUPTEZ DES SENS.

Apol. Pag. 136. OBJECT. Les Casuistes enseignent, qu'il est permis de
manger tout son saoult, sans nécessité,
& pour la seule volupté, pourvû que
cela ne nuise point à la santé; & que
ce n'est que peché veniel, si sans aucune nécessité on se gorgeoit jusqu'à vomir.

Pag. 136. RESP. Je dirai que plusieurs bons Théologiens enseignent, qu'il
n'y a pas plus de mal à rechercher sans
nécessité le plaisir du goût, qu'à pro-u-
rer la satisfaction de la vûë, de l'ouïe &
de l'odorat: & plusieurs tant Philosophes que Théologiens, tiennent que ces
contentemens des sens sont indifferens, &
qu'ils ne sont ni bons ni mauvais. Que
si vous aviez la premiere teinture des
sciences, vous n'auriez pas condamné
ces opinions, qui sont probables.

VI. CENSURE.

Cette doctrine est fausse, scandaleuse, ennemie des vertus, opposée aux regles de la vie chrétienne, & tirée des opinions les plus corrompuës des Philosophes deffenseurs de la volupté.

DE L'HOMICIDE.

Apol. Pag. 86. *Si on parle de l'actuelle violence qu'on fait, ou veut faire pour ravir les biens, l'honneur ou la réputation, le Pere Jesuite vous a prouvé que les Loix Civiles & Canoniques permettent de tuer l'agresseur, lorsqu'on ne peut autrement sauver son bien (ce qu'il étend à l'honneur & à la réputation) quoique la personne qui tuë ne soit pas en danger de sa vie.*

Pag. 91. *Plusieurs de ces Théologiens jugent autrement de l'honneur que du bien, car ils croyent qu'on peut tuer un homme qui s'enfuit après avoir donné un soufflet ou un coup de bâton, parce que, selon leur sentiment, l'honneur ne se peut recouvrer que par cette voye.*

VII. CENSURE.

Ces propositions qui permettent de tuer sans autorité publique, les calomniateurs, & ceux qui nous font injure, violent manifestement le 5e. Commandement du Décalogue, les préceptes de la patience Evangelique, & toutes les loix naturelles, divines, & humaines.

Apol. p. 87. *Si c'est la seule lumiere de la raison qui a conduit les grandes Monarchies qui ont gouverné tout le monde, dans la punition des malfaiteurs, souffrez que nous nous servions de la même raison naturelle, pour juger si une personne particuliere peut tuer celui qui l'attaque, non-seulement en*

sa vie, mais encore en son honneur & en ses biens.

Pag. 88. *Faites-nous voir que Dieu veut qu'on épargne la vie des voleurs & des insolens, qui outragent indignement un homme d'honneur. Faites-nous voir que cette défense de tuer, n'est pas un précepte qui est né avec nous, & que nous ne devons pas nous conduire par la lumiere naturelle, pour discerner quand il est défendu & quand il est permis de tuer son prochain : il faut un texte exprès pour cela : celui dont vous vous êtes servi, ne défend autre chose sinon de ne point tuer sans cause légitime.*

VIII. CENSURE.

Ces propositions horribles & abominables, enseignant qu'il n'y a point d'autres meurtres défendus par le cinquiéme Commandement du Décalogue, que ceux qui se font sans cause légitime ; & permettant à la raison de chaque particulier d'examiner quand il a une cause légitime de tuer ; ouvrent la porte à commettre en toute rencontre des assassinats, renversent la societé humaine ; donnent un moyen facile de se joüer des autres Commandemens de Dieu par de semblables explications ; & de plus sont scandaleuses, erronnées & contraires à l'Evangile.

DE LA CALOMNIE.

Apol. pag. 127. *OBJECT. Les Jesuites enseignent dans leurs Theses soûtenuës à Louvain, que ce n'est qu'un peché veniel, de calomnier & d'imposer de faux crimes, pour ruiner de creance ceux qui parlent mal de nous, & le Pere Dicastillus enseigne que la calomnie, lorsqu'on en use contre un calomniateur, quoiqu'elle soit un mensonge, n'est pas néanmoins un peché mortel contre la justice, ni contre la charité.*

RESP. Dicastillus tient en effet l'o-

pinion probablé que vous blâmez avec des termes si outrageux ; mais il suppose deux choses : La premiere, que celui qui court risque de son honneur, ne le puisse conserver en implorant la protection du Prince & de ses Loix....., La seconde, que celui qui veut conserver sa réputation, puisse effectivement la conserver en décriant son ennemi. Ces choses ainsi supposées, tout homme de bon sens trouvera que Dicastillus est bien plus doux & plus humain envers les calomniateurs, & ceux qui perdent injustement la renommée de leur prochain ; que beaucoup d'excellens Théologiens, dans les circonstances où Dicastillus permet de médire & de détracter, disent qu'on les peut tuer.

Pag. 120. Ce que j'ai dit jusqu'ici, n'est pas pour autoriser la pratique de la doctrine de Dicastillus; car encore qu'elle soit probable, prise en elle-même, toutefois parce que pour l'ordinaire elle peut être suivie de très-dangereuses conséquences, la plus grande partie des Théologiens enseignent qu'il n'est pas permis à un particulier de défendre sa réputation en calomniant son ennemi, ou en lui imposant un crime, si ce n'est devant les Juges qui ont l'autorité pour châtier les calomniateurs qui accusent une personne innocente.

IX. Censure.

La doctrine de Dicastille que cet auteur propose comme probable dans la speculation, & quelquefois même dans la pratique, est toujours, & en toute rencontre improbable, fausse, scandaleuse, erronée, & très-certainement contraire à la parole de Dieu, & au 8e. Précepte du Décalogue.

DES LARCINS DES SERVITEURS
EXCUSÉZ PAR UN PRÉTEXTE
de compensation.

Apol. pag. 80. OBJECT. Les Casuistes & les Jesuites enseignent, que les Valets qui se plaignent de leurs gages, peuvent d'eux-mêmes en quelque rencontre se garnir les mains d'autant de biens appartenans à leurs maitres, comme ils s'imaginent être néceffaire pour égaler lesdits gages à leurs peines.

RESP. Toutes les circonstances que les Casuistes marquent étant bien gardées, il n'y a rien de si noir en cette compensation, rien qui doive scandaliser les bons maitres, rien qui ne soit conforme au sentiment des Péres de l'Eglise, & entre autres de Saint Ambroise & de Saint Augustin.

X. Censure.

Cette doctrine avec toutes les restrictions que ces Auteurs y apportent, est pernicieuse, propre à ébranler la paix des familles ; & la fidelité des serviteurs ; & cet Apologiste a commis une grande faufseté, & témoigné beaucoup d'ignorance, lorsqu'il a fait cette injure à S. Augustin & à S. Ambroise, que de leur attribuer cette opinion.

DES CORRUPTIONS
DES JUGES.

Apol. pag. 97. OBJECT. Les Casuistes soûtiennent que les Juges peuvent recevoir des presens, à moins qu'il y eût quelque loi particuliere qui leur défendit, lorsque les parties les leur donnent pour les porter à rendre la Justice à l'avenir, ou pour les obliger à prendre un soin particulier de leurs affaires, ou pour les engager à les expedier plus promptement, ou pour les préférer à plusieurs.

RESP. C'est l'opinion de Saint Augustin en l'Épitre 54. Ad Macedonium, où parlant des Juges qui reçoivent des presens, il dit que la Coutume les excuse. Sunt aliæ personæ, &c.

XI. Censure.

XI. Censure.

Cette proposition est fausse , périlleuse , & inventée pour couvrir les corruptions des Juges , & c'est une fausseté , & une ignorance , que de l'attribuer à S. Augustin.

Apol. pag. 123. OBJECT. Les Casuistes enseignent qu'un Juge n'est jamais obligé à rendre ce qu'il a reçû d'un homme , en faveur de qui il a rendu un Arrest injuste.

RESP. Il n'est pas obligé à rendre ce qu'il a reçû d'une des parties , pour rendre une Sentence injuste en sa faveur.

XII. Censure.

Cette proposition est fausse , absurde & pernicieuse.

DES DONATIONS
FRAUDULEUSES.

Apol. pag. 122. Les Casuistes enseignent , qu'on n'est point obligé en conscience de rendre les biens qu'un débiteur nous auroit donnez , pour en frustrer ses créanciers.

RESP. Cela est vrai , pourvû que celui qui reçoit ne sollicite point , & ne conseille ni directement ni indirectement cette donation.

XIII. Censure.

Cette proposition qui exempte de restitution ceux à qui on fait donation de certains biens , lorsqu'ils sçavoient bien qu'on les leur donnoit pour en frauder des créanciers , est fausse , & pernicieuse.

DE L'AUTORITÉ DES CANONS
ET DES SAINTS PERES.

Apol. pag. 69. OBJECT. Les Ca-

suistes enseignent , que les Loix de l'Eglise perdent leur force quand on ne les observe plus. D'où ils tirent des maximes scandaleuses qui permettent aux Prêtres d'offrir le Sacrifice le jour même qu'ils sont tombez dans des pechez honteux , &c.

RESP. Il n'y a point d'Avocat de Village , qui ne soit capable de vous apprendre , que la coûtume peut abroger une loi ; & que la loi cesse quand on ne l'observe plus , pourvû que l'inobservance dure le temps que les Canons ont déterminé pour ôter l'obligation de la Loi.

XIV. Censure.

Cette proposition qui donne indifféremment à toute Coûtume le pouvoir d'ôter la force aux Loix , & qui ne distingue point entre les Loix qui enferment quelque chose de droit divin , & celles qui sont purement positives , est imprudente , témeraire , & périlleuse.

Apol. pag. 11. S'il s'agit des matieres de foi , les anciens & les nouveaux Conciles nous seront toujours en égale vénération , mais où il sera question de la Discipline de l'Eglise , & de la conduite des mœurs , nous nous attacherons toujours aux derniers , pourvû que l'usage du Royaume les ait reçûs , & Messieurs les Reformateurs nous dispenseront de nous assujettir aux Réglemens des anciens Conciles , qui peut-être n'ont jamais été reçûs en ce Royaume..........

XV. Censure.

Cette proposition qui tend à révoquer en doute l'autorité de tous les Conciles tant anciens que nouveaux , en ce qui regarde les mœurs , est scandaleuse , porte à un mépris pernicieux des sacrez Canons par lesquels l'Eglise est gouvernée , selon l'ordre du Saint-Esprit , & est capable

I

de renverser entiérement toutes les regles Ecclefiaftiques.

Apol. pag. 8. *Vous avez beau en appeller aux Peres de l'Eglife, les Cafuiftes, ne laifferont pas pourtant de fe fervir contre vous de la Philofophie, & des Regles de la Dialectique. Ils fçavent trop bien que cette méthode eft votre fleau : enfin c'eft elle qui triomphera de votre Morale.*

Pag. 15. *Confiderez que Grégoire XIII. a fait confronter toutes les citations de Saint Auguftin, & des autres Peres qui font dans Gratian, avec les originaux, & qu'après cette diligence, il a laiffé ces Textes tirez des Peres, dans la probabilité qu'ont les Sentences des autres Docteurs particuliers.*

Pag. 31. *Je foûtiens que les véritables regles qu'un Directeur peut donner à une ame, pour parvenir à la plus haute perfection qui foit dans l'Eglife, fe doivent prendre des Scholaftiques & des Cafuiftes.*

Pag. 154. *J'avoüe toutefois qu'Efcobar avoit affez de queftions d'importance à traiter, fans s'amufer à ces cas inutiles. Il n'eft pas le premier qui eft tombé en cette faute : on en trouve quelquefois de femblables dans les Peres, & dans S. Auguftin même, &c.*

XVI. Censure.

Ces façons de parler, & autres femblables font fcandaleufes, injurieufes aux SS. Peres, & font malicieufement répanduës dans tout ce méchant ouvrage, pour affoiblir leur autorité, fur laquelle la Tradition facrée eft principalement appuyée.

DU SCANDALE.

Apol. Pag. 147. *Je ne traite point de tous ces cas, mais feulement de celui auquel une femme ou une fille fçait certainement que quelque homme doit pren-*

dre occafion de pecher mortellement, fi elle lui découvre fa beauté, ou fi elle fe pare fans autre deffein que de fe rendre agréable.........Une femme & une fille qui a de la beauté naturelle, ou qui fe pare honeftement, peut aller à l'Eglife, au Marché, fe tenir à la Porte & converfer parmi le monde, fans offenfer Dieu, quoiqu'elle fçache que quelqu'un doit prendre occafion de fa beauté d'offenfer Dieu mortellement. Emmanuel Saverb. Ornatus, eft de cette opinion.

Apol. pag. 149. & 151. Et après avoir rapporté diverfes opinions de Cafuiftes : *Les autres de la feconde opinion difent abfolument, qu'une femme ne peche point en fe parant, encore qu'elle fçache qu'un homme par pure malice en prendra occafion de pecher mortellement.*

Je n'improûverai pas ces opinions, de crainte de tomber dans le reproche que Notre Seigneur faifoit aux Pharifiens, d'impofer aux Fideles des fardeaux dont la charge les empécheroit d'entrer dans le Ciel. Je croi au contraire qu'un Confeffeur s'acquittera dignement de fon devoir, lorfqu'il gardera exactement ce qui eft prefcrit dans ces trois opinions, & qu'en obfervant leurs maximes, il conduira les femmes à la perfection.

XVII. Censure.

Ces propofitions font fcandaleufes, contraires à la charité, & oppofées au Commandement que fait S. Paul d'éviter ce qui peut caufer du fcandale à nos freres.

DE LA DIRECTION D'INTENTION.

Apol. pag. 50. & 51. OBJECT. *Les Cafuiftes fomentent des commerces infâmes, & pallient quantité de mauvaifes actions, parce qu'ils enfeignent que les Serviteurs & Servantes peuvent rendre à leurs maîtres & maîtreffes des fervi-*

ces qui font d'eux-mêmes indifferens : quoiqu'ils fçachent que les maîtres & maîtreffes les exigent pour une mauvaife fin , & ces Cafuiftes perfuadent au peuple qu'une direction d'intention fuffit , pour exempter une mauvaife action du peché , dont elle feroit infectée fans cette direction d'intention.

RESP. Les Cafuiftes enfeignent qu'une action indifferente d'elle-même , ne devient pas mauvaife , toutes les fois qu'une tierce perfonne fait que cette action fert de moyen pour arriver à une mauvaife fin ; & la maxime oppofée qu'avancent les Janfeniftes , eft mal fondée , & contre l'ufage de toute l'Eglife. Ce n'eft pas que les Cafuiftes exemptent de peché ces fervices & cooperations au peché , fi les Serviteurs , ou autres qui les rendent , n'ont point d'excufe raifonnable ; ils difent feulement que ces actions d'elles-mêmes étant faites pour une intention raifonnable , ne participent point au mal de celui qui abufe de cette action , pour offenfer Dieu.

XVIII. CENSURE.

Cette propofition qui excufe de peché la coopération au peché , fi elle fe fait pour une caufe raifonnable , telle que peut être dans le fentiment de cet Auteur, quelque gain, ou quelque bien temporel, eft fauffe, fcandaleufe , propre à entretenir la licence de pecher , & eft manifeftement contraire à cette parole de Notre Seigneur : Quel échange un homme pourra-t-il donner pour fon ame? Et à ce que dit l'Apôtre : Que non-feulement ceux qui font ces chofes, mais auffi ceux qui confentent à ceux qui les font , font dignes de mort.

DE L'AUMONE.

Apol. pag. 56. Je viens à votre premier commandement , qui oblige à donner de fon fuperflu dans les néceffitez

ordinaires , & dis que fi vous prétendez obliger les riches fous peine de peché mortel ou veniel , au cas qu'ils y contréviennent , votre regle eft inutile , & moralement impoffible ; qu'elle eft témeraire , & offenfe ceux qui gouvernent l'Eglife & l'Etat.

XIX. CENSURE.

Cette propofition eft fauffe, fcandaleufe , pernicieufe aux riches & aux pauvres , Dieu ayant tellement uni leurs differens états dans la Loi Evangelique qu'ils ont un befoin mutuel les uns des autres, les pauvres ayant befoin des riches pour fe conferver la vie temporelle , & les riches des pauvres pour acquerir la vie éternelle par les bonnes œuvres qu'ils exercent envers eux.

DE LA SIMONIE.

Apol. pag. 60. & 62. OBJECT. Les Cafuiftes mettent la Simonie dans une idée imaginaire qui ne vient jamais dans l'efprit des Simoniaqnes , qui confifte à eftimer le bien temporel en lui-même , autant que le bien fpirituel confideré en lui-même. Ce que dit Valent. tom. 3. diftinct. 16. part. 3. On peut donner un bien temporel pour un fpirituel en deux manieres ; l'une en prifant davantage le temporel que le fpirituel , & ce feroit fimonie: l'autre en prenant le temporel comme le motif & la fin qui porte à donner le fpirituel , fans que néanmoins on prife le temporel plus que le fpirituel , & alors ce n'eft point fimonie ....

Il n'y aura donc plus de fimonie , car qui fera affez malheureux que de vouloir contracter pour une Meffe , pour une Profeffion , pour un Bénéfice , fous cette formalité de marchandife & de prix? Je réponds , que tout homme qui feroit actuellement dans cette difpofition : (Je n'ay garde de jamais vouloir égaler

une chose spirituelle à une temporelle, ni de croire qu'une chose temporelle, puisse être le prix d'une spirituelle,) ne commettroit pas une simonie contre le droit Divin, en donnant
quelque chose spirituelle en reconnoissan-
ce d'une temporelle qu'il auroit reçuë.
Je dis plus, que la disposition habituelle suffit pour empêcher qu'on ne tombe
dans le peché de simonie. Que s'il se
trouve quelqu'un qui n'ait jamais eu
cette disposition habituelle ou actuelle,
& qui donne de l'argent pour une chose
spirituelle, ensorte qu'il égale la valeur
de l'un à l'autre, il commettra le peché de simonie contre le droit Divin,
encore qu'il ne pense pas formellement
si la chose spirituelle tient lieu de mar-
chandise, & l'argent tient lieu de prix.

XX. CENSURE.

Cette doctrine qui exempte du
crime de simonie contre le droit Divin, ceux qui donnent ou reçoivent
de l'argent pour des Bénéfices, pourvû que cet argent tienne lieu de motifs, & non de prix, est entièrement
fausse, méchante & impie. Elle re-
nouvelle par la malheureuse subtilité de cette distinction, l'héresie si-
moniaque condamnée tant de fois
par les saints Conciles & les Papes.
Elle a été inventée pour remplir l'E-
glise de loups, & de faux Pasteurs,
& pour en corrompre la sainteté dans
sa source même, qui est l'Ordre Ec-
clesiastique.

Apol. pag. 64. & 65. En quoi épar-
gnez-vous ces bons Peres? Vous répon-
dez qu'Escobar avance deux propositions,
que vous pourriez bien relever, &c.....
En la seconde il dit, que ce n'est pas simonie de se faire donner un Bénéfice en
promettant de l'argent, quand on n'a
pas dessein de payer en effet. En bonne
foi, est-ce-là toute la misericorde que vous
faites aux Jesuites? &c.
Ce second cas fait voir que vous n'en-

tendez pas ce que vous dites. Car les Ju-
risconsultes enseignent ordinairement que
l'essence du contrat de vente ne consiste
pas dans les seules paroles, il faut que
la volonté de l'obligé intervienne, &
sans cette volonté il n'y a point de contrat. Or la simonie est un vrai contrat
de vente dans l'intention de ceux qui
donnent de l'argent pour un Bénéfice.
Je ne nie pas pourtant que cette fourbe-
rie ne merite châtiment : mais tout crime qui est punissable dans les matieres
bénéficiales, n'est pas pour cela simonie.

XXI. CENSURE.

Cette proposition d'Escobar, & de
l'Apologiste, n'efface pas le crime de
la Simonie, mais y ajoûte seulement
un nouveau crime de perfidie.

DE L'USURE.

Apol. pag. 118. Quand on me demande en quel cas je mettrai le peché d'u-
sure, si je permets à ceux qui prêtent,
de tirer de l'interêt de l'argent qu'ils
prêtent ; je leur réponds, que je ne permets point de tirer du profit de l'argent,
sinon au cas où nos adversaires permettent de prêter de l'argent & de faire
des constitutions de rentes : mais en toutes les rencontres où ils approuvent ces
rentes constituées, je dis qu'on peut se
servir des contrats de societé, & d'achat
de rente pour un ou deux ans, sans alie-
ner son argent pour toujours.
Pag. 104. C'est assez que celui qui
prête son argent, sçache que celui qui
l'emprunte fait un bon negoce, ou achete un bon fonds.
Pag. 107. & 108. J'estime que ces
deux titres suffisent pour tous les gens
qui prêtent, à sçavoir le contrat de societé, lorsqu'on prête à ceux qui font
quelque negoce ; & celui en vertu duquel on achete une rente pour un an ou
pour deux, sur quelque héritage de celui
qui emprunte........Je ne m'arrêterai pas

à prouver que ces deux sortes de contrats suffisent pour accommoder ceux qui prétent ; parce que la chose me semble claire , l'experience nous faisant voir qu'on ne hasarde pas son argent dans les prêts, si ceux qui empruntent ne sont solvables, & n'ont du bien ou dans le negoce ou dans les héritages.

Pag. 112. Il n'y a que les Ordonnances du Roy qui me fassent de la peine ; parce qu'elles défendent ces profits & interests qui se tirent de l'argent..... La premiere fut l'an 1317. sous Philippe le Bel, qui défend expressément toute sorte d'usure. Loüis XII. en fit une autre , qui défend de tirer du profit de l'argent qu'on prête. Enfin l'article 202. des Ordonnances de Blois réitere ces défenses en ces termes : Faisons inhibitions & défenses à toutes personnes de quelqu'état , sexe & condition qu'elles soient, d'exercer aucunes usures, ou prêter deniers à profits ou interest, ou bailler marchandises à perte de finances par eux ou par autres , encore que ce fût sous prétexte de commerce ; & ce sur peine la premiere fois d'amende honorable , banissement , & condamnation de grosses amendes , dont le quart sera adjugé aux dénonciateurs; & pour la seconde, de confiscation de corps & de biens. Le texte de cet article semble être si clair, que présentement on ne peut rechercher ces profits sans offenser Dieu. Il y a toutefois plusieurs moyens d'expliquer cette Ordonnance , ensorte qu'en tirant profit de son argent, on n'y contreviendra point ; ou si on y contrevient, on ne pechera pas.

Pag. 116. Nous n'avons point de Canons qui défendent les usures aux personnes laiques avant Alexandre III.

XXII. Censure.

Toute la doctrine de cet Auteur touchant l'usure, expliquée au long dans plusieurs pages , est contraire aux Loix divines & humaines , contre les usures, & apprend aux Chrétiens à les violer par des adresses malicieuses. C'est aussi par une extrême ignorance qu'il enseigne qu'aucun décret de l'Eglise n'a défendu l'usure aux laïcs avant le temps d'Alexandre III.

DU POUVOIR DES PERES,
et des Meres
sur leurs Enfans.

Apol. pag. 141. OBJECT. Les Casuistes enseignent , que les filles ont tellement le pouvoir de disposer de leur virginité contre le gré de leurs parens, que ceux qui abusent d'elles ne pechent point contre la justice , si elles y consentent.

RESP. Bauni a déja répliqué à cette objection , & cite pour son opinion qui est veritable & commune , &c.

XXIII. Censure.

Cette proposition pour excuser un crime , diminuë d'une maniere honteuse le pouvoir des peres , & des meres sur leurs enfans, établi par les Loix divines & humaines.

DU JEUSNE.

Apol. p. 53. OBJECT. Les Casuistes exemptent du jeûne un homme qui se seroit lassé à poursuivre une fille.

RESP. Ce reproche est honteux & injuste. Quibus verbis indicat hanc Casuistarum doctrinam culpari sine injustitia non posse.

XXIV. Censure.

Cette proposition est fausse, scandaleuse , & méchante , & cause de l'horreur aux oreilles chastes.

DES PARTIES DE DIVERSES
MESSES UNIES ENSEMBLE.

Apol. pag. 153. Escobar encherit, & feint un cas auquel on puisse trouver quatre Messes si bien ajustées, qu'entendant les quatre parties de ces Messes, on puisse entendre une Messe entiere, & il tient qu'on pourroit y satisfaire ; parce que la contenance respectueuse suffit, selon les anciens Canonistes, & que véritablement il est présent avec respect à une Messe entiere........ J'avoüe toutefois qu'Escobar avoit assez de questions d'importance à traiter, sans s'amuser à ces cas inutiles.

XXV. CENSURE.

Cette doctrine d'Escobar que cet Ecrivain appelle seulement inutile, pour la rendre moins odieuse, & qu'il témoigne assez clairement croire probable, est clairement fausse, contraire au Commandement que l'Eglise nous fait d'oüir la Messe, opposé au sentiment commun de tous les Catholiques, & capable de faire mépriser le culte si saint de la Religion Chrétienne par ces ridicules chicaneries.

OCCASIONS PROCHAINES
DU PECHÉ.

Apol. pag. 49. Supposons par exemple qu'une sœur soit dans une occasion involontaire de commettre le peché de Thamar avec son frere Amnon ; qu'une fille soit poursuivie par son propre pere; qu'une belle sœur succombe aux importunitez d'un beau-frere. Si vous renvoyez cès personnes à qui le mal déplaît, & qui n'ont pas le moyen d'en sortir, vous leur mettez le desespoir en l'ame & leur ôtez le courage d'avoir recours à Dieu. D'où il arrive que le diable redoublant ses tentations, acheve par les maximes

des Jansenistes, de perdre ceux que les Casuistes eussent delivrez du mal... Les Théologiens enseignent pareillement que l'on n'est pas obligé de renoncer à une profession où l'on est en danger d'offenser souvent Dieu ; & même où l'on court risque de se perdre, si on ne peut pas facilement s'en défaire. La pratique de l'Eglise sert de preuve à ma proposition, &c.

XXVI. CENSURE.

Ces propositions qui par une indulgence déreglée envers les pecheurs, leur permettent de demeurer dans les occasions prochaines du peché, sont fausses & pernicieuses, contraires aux définitions expresses des Souverains Pontifes, & manifestement opposées aux préceptes de l'Evangile, qui nous ordonnent de couper notre main & notre pied, & d'arracher notre œil, s'il nous sert d'occasion de scandale & de peché. Et quant à ce que l'Auteur ajoûte, que la derniere de ces propositions se peut prouver par l'usage de l'Eglise, c'est une impieté scandaleuse.

DE LA CRAINTE DES PEINES
TEMPORELLES.

Apol. p. 163. OBJECT. Les Casuistes enseignent que c'est une erreur de dire que la contrition soit nécessaire, & que l'attrition toute seule conçüe par le seul motif des peines d'enfer, qui exclud la volonté d'offenser, ne suffit pas avec le Sacrement de Penitence.

RESP. Il est encore vrai que quelques Casuistes ont enseigné, que la crainte des châtimens temporels, dont Dieu nous menace si souvent dans l'Ancien & dans le Nouveau Testament, suffit pour recevoir l'absolution quand le pecheur est résolu de se corriger de ses crimes.

XXVII. CENSURE.

Cette proposition par laquelle on

veut faire croire que la crainte des peines , même temporelles , lorf-qu'elle eft feule , & fans aucun amour de Dieu , eft une difpofition fuffifan-te pour recevoir avec fruit le Sacrement de pénitence , eft fauffe , erronnée , entiérement éloignée de l'efprit de la Loi nouvelle , & contraire au S. Concile de Trente.

DE LA CONFESSION.

Apol. p. 167. OBJECT. *Le Pere Bauny enfeigne , que hors de certaines occafions qui n'arrivent que rarement , le Confeffeur n'a pas droit de demander fi le peché dont on s'accufe , eft un peché d'habitude.*

RESP. *Diana cite cinq ou fix bons Théologiens qui enfeignent ce que dit le Pere Bauny........ Je crois que le Confeffeur peut interroger le pénitent fur l'habitude , jufqu'à ce qu'il témoigne de la répugnance à répondre : mais après il ne faut pas le preffer , beaucoup moins refufer l'abfolution.*

Apol. p. 156. OBJECT. *Les Cafuiftes permettent à un pénitent d'avoir deux Confeffeurs ; l'un ordinaire pour les pechez mortels , afin de fe maintenir en bonne réputation auprès de fon Confeffeur ordinaire.*

RESP....... *Les Cafuiftes difent que fi un pénitent a trop de honte de confeffer des chûtes humiliantes à fon Confeffeur ordinaire , il peut pour cette fois fe fervir d'un autre Confeffeur...... Les Cafuiftes difent , que fi ces chûtes continuoient long-temps , le pénitent pourroit avoir deux Confeffeurs , à l'un defquels , qui ne connoîtroit pas le pénitent , il déclareroit les fautes extraordinaires ; & à l'autre , auprès duquel il défire de conferver fa réputation , il confefferoit les fautes communes.*

Ibidem. OBJECT. *Les Cafuiftes difent , que celui qui a honte de confeffer un peché dans lequel il eft tombé depuis fa derniere Confeffion , peut faire* une Confeffion générale , & confondre ce peché avec les autres dont on s'accufe.

RESP. ...... *Il y a de bons Auteurs rapportez par Diana , part. 3. tract. 4. refol. 62. & 68. qui tiennent cela.*

XXVIII. CENSURE.

Ces propofitions approuvent des difpofitions très-mauvaifes , & très-éloignées de l'efprit de pénitence ; elles introduifent des artifices indignes des Chrétiens , & elles tendent à faire que les pénitens cachans aux Prêtres le veritable état de leur ame, ne reçoivent point le remede convenable pour la guérifon de leurs plaies, & qu'ainfi ils demeurent toujours dans les mêmes crimes.

MAXIMES CORROMPUES
TOUCHANT L'ABSOLUTION.

Apol. p. 162. OBJECT. *Les Cafuiftes difent , qu'il n'eft pas néceffaire que le Confeffeur fe perfuade que la réfolution de fon pénitent s'executera , ni qu'il le juge même probablement : mais qu'il fuffit qu'il penfe que le pénitent a à l'heure même le deffein général , quoiqu'il doive retomber en bien peu de temps.*

RESP. *La doctrine des Janféniftes tend au defefpoir , & ruine le Sacrement de la Confeffion. Car où trouvera-t-on des pénitens , de qui le Prêtre fe puiffe affurer qu'ils ne retomberont point ? Et fi les Confeffeurs attendoient cette certitude , & s'ils vouloient juger de l'avenir par les fautes paffées dont les pénitens fe confeffent , il ne faudroit plus de confeffion ; car les ames qui ont confervé leur innocence baptifmale n'en ont pas befoin , & on n'a pas de certitude que ceux qui font tombez dans des pechez mortels , lorfqu'ils avoient la grace du Baptême , n'y retourneront plus après qu'ils feront confeffez. Cette maxime des Janféniftes eft donc pernicieufe à* l'Eglise , & pire qu'un interdit général.

Ibidem. *Le Prêtre doit donc absoudre le pénitent , quoiqu'il suppose qu'il retournera à son peché. Les Théologiens vont plus avant & disent que quand même le pénitent jugeroit qu'il est pour retomber bien-tôt en sa faute , il est toutefois en état de recevoir l'absolution , pourvû que le peché lui déplaise au tems de la Confession.*

Pag. 49. *La doctrine des Théologiens (de ne point differer l'absolution) a encore plus de lieu à l'égard de ceux qui ont contracté une forte habitude du vice , par les chûtes réiterées de jurer, de s'enyvrer, & de commettre beaucoup de pechez en matiere d'impureté. Car encore que l'habitude qu'ils ont volontairement contractée par les rechûtes au peché, leur serve d'occasion prochaine qui les porte à jurer, à s'enyvrer, & à d'autres mauvaises actions; souvent toutefois on ne peut pas dire que cette habitude soit volontaire, puisqu'ils la détestent & voudroient s'en pouvoir défaire.*

XXIX. Censure.

Ces propositions sont pernicieuses, propres à entretenir la licence de pecher , injurieuses au Sacrement & à la vertu de penitence. Elles détruisent l'autorité de Juge qui réside dans les Prêtres , comme étant Ministres de Jesus-Christ, & les rend participans des crimes d'autrui.

Apol. p. 159. *Object. Les Casuistes enseignent que si le pénitent déclare qu'il veut remettre à l'autre monde à faire pénitence, & souffrir en Purgatoire toutes les peines qui lui sont dûes, alors le Confesseur doit lui imposer une pénitence bien légere pour l'integrité du Sacrement. Et pareillement s'il reconnoît qu'il n'en accepteroit pas une plus grande.*

Resp. Diana. p. 3. tract. 4. resol. 51. allegue dix-sept Auteurs (la plû-

part Jésuites) *qui enseignent , qu'on doit refuser l'absolution à celui qui ne se soûmet pas à une pénitence raisonnable... Le même Diana cite dix Auteurs, dont une bonne partie ne sont pas Jésuites , qui disent qu'on le peut absoudre , à cause que l'essence du Sacrement est toute entiere , encore qu'on n'impose point de pénitence. Je ne suis pas de ce dernier avis, &c.*

XXX. Censure.

Cette proposition que cet Auteur dit être appuyée par l'autorité de dix Casuistes, & laquelle par conséquent lui paroît probable par ses principes, quoiqu'il ne l'embrasse pas, est fausse, & pernicieuse , capable d'entretenir l'impénitence des pecheurs, & contraire à la doctrine du saint Concile de Trente.

DU SACREMENT DE L'ORDRE.

Apol. pag. 49. *L'Eglise oblige au célibat ceux qui s'engagent aux Ordres sacrez, quoiqu'elle n'ignore que ces Ordonnances servent à plusieurs d'occasion d'offenser Dieu. Il parle de l'occasion prochaine.*

XXXI. Censure.

Cette proposition est fausse, scandaleuse , & injurieuse au Sacerdoce de Jesus-Christ , & à la sainteté de l'Eglise dans tous les deux sens qu'elle peut avoir; qui sont ; ou que les saints Ordres sont une occasion de peché aux bons Prêtres qui sont entrez dans cet état par une vocation divine ; ou que c'est avec l'approbation de l'Eglise que les méchants Prêtres ravissent cette dignité , sans y être appellez de Dieu.

DE L'EXAMEN DE CEUX. QU'ON DOIT ORDONNER.

Apol. pag. 73. *Ce qui vous a si bien réüssi en quelques endroits, qu'on n'y consacre*

consacre presque plus de Prêtres, sous prétexte d'examiner la vocation de ceux qui aspirent aux Ordres sacrez, & de les faire passer par des épreuves si rigoureuses, qu'il y a peu de personnes qui n'en puissent-être excluës par ces séveritez étudiées.

XXXII. Censure.

Cette proposition rendant suspect par une maligne calomnie, le soin que prennent les Evêques de bien examiner la vocation de ceux qu'ils ordonnent, est scandaleuse & injurieuse à l'Ordre Episcopal.

DES RELIGIEUX CHASSEZ.

Apol. p. 79. & 80. OBJECT. Les Casuistes enseignent, qu'un Religieux chassé de son Monastére, n'est pas obligé de se corriger pour y retourner, & qu'il n'est plus lié par son vœu d'obéissance.

RESP.... Pour moy je n'en dis pas mon sentiment, parce que je ne suis pas assez versé dans ces matiéres de Cloîtres. J'ay lû Lessius, L. 2. De Just. c. 41. dubitat. & d'autres Docteurs, qui appuyent leur sentiment de preuves qui me semblent raisonnables. Entre les autres celle-ci me plaît davantage. Ils disent qu'un Religieux étant chassé de la Religion par une Sentence définitive de ses Juges, la Religion n'est plus obligée de le recevoir. D'où ils inferent que le Religieux n'est pas aussi obligé d'y rentrer, & par une suite nécessaire il n'est pas obligé de se corriger pour y rentrer.

XXXIII. Censure.

L'opinion que cet Auteur assure être appuyée sur des raisons probables, & qu'il juge par conséquent sûre en conscience selon ses principes, est entiérement improbable & favorise l'Apostasie.

CEtte Censure comprenant tous nos véritables sentimens sur l'Apologie pour les Casuistes, nous n'avons rien à y ajoûter, mais nous y joignons seulement, suivant l'arrêté de notre Assemblée Provinciale, notre autorité & notre consentement, en la rendant commune à tous les Dioceses de cette Province, & faisant tops en commun défenses aux Fideles qui nous sont soûmis de retenir le Livre de l'Apologie, & d'en suivre les maximes condamnées, sous peine d'excommunication; & à tous les Ecclésiastiques tant séculiers que Réguliers, de les prêcher ou enseigner, soit en public, soit en particulier, & de les pratiquer dans le Tribunal de la Pénitence, sous peine d'interdiction. Nous enjoignons aussi à tous Superieurs des Communautez Régulieres, d'empêcher que leurs inférieurs ne prêchent, enseignent ou conseillent la susdite doctrine, sous peine d'en répondre en leur propre & privé nom, & même d'interdiction, s'ils ne font réparer les contraventions qui pourroient être faites par leursdits inférieurs, à la présente Censure & Ordonnance, & à tous les Curez, Recteurs & Superieurs d'Eglises & Monasteres de nos Dioceses, de la publier dans leur Eglise aussi-tôt qu'ils l'auront reçûë; ordonnons aux Promoteurs de chaque Diocese, de faire les diligences nécessaires pour cela, & de tenir la main à l'exécution de la presente Ordonnance. Fait en notre Assemblée Provinciale, le onzième May mil six cens soixante.

† LOUIS-HENRY DE GONDRIN, Archevêque de Sens.

† EUSTACHE DE CHERY, Evêque de Nevers.

† FRANÇOIS MALLIER, Evêque de Troyes.

K

† PIERRE DE BROC, Evêque d'Auxerre.

† LAURENT DE CHERY, Evêque de Tripoli, Coadjuteur de Nevers.

BENJAMIN, Vicaire General & Official, Chanoine & Archidiacre d'Eftampes en l'Eglife de Sens.

DE FOUDRIAT, Vicaire General & Official; Chanoine & Doyen en l'Eglife d'Auxerre.

DE HANON DE LA MIVOYE, Vicaire General & Théologal en l'Eglife de Troyes.

Par Meſſeigneurs, DAIGNAN.

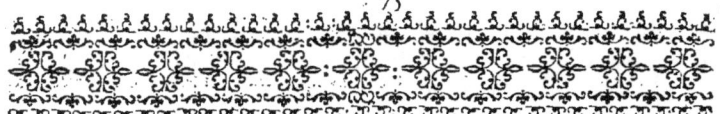

LETTRE

DE MONSEIGNEUR

L'EVÊQUE DE TROYES,

A MONSEIGNEUR

L'ARCHEVÊQUE DE SENS.

En datte du 10ᵉ. Octobre 1731.

ONSEIGNEUR,

Je reçois en arrivant ici pour voir M. notre Intendant, la Lettre que vous me faites l'honneur de m'écrire, en m'envoyant l'Inſtruction Paſtorale que vous avez donnée à votre Dioceſe à l'occaſion de la Lettre qui vous a été écrite par un grand nombre de vos Curés, & autres Eccleſiaſtiques. Je n'ai pû en faire qu'une lecture aſſez rapide, parce que je ſuis obligé de repartir dès demain pour achever ma tournée. Mais j'en ai aſſez vû pour vous dire en général ce que j'en penſe, en attendant que j'en puiſſe faire une diſcuſſion exacte & théologique.

Je vous avoüerai donc, Monſeigneur, avec la franchiſe, & la ſincerité dont je fais profeſſion, que cette Inſtruction Paſtorale a fait ſur moi un effet tout contraire à celui que vous paroiſſiez vous propoſer. Il me paroît que les idées les plus ſimples, &

les plus nettes y font embroüillées & obfcurcies fur le rapport
des actions à Dieu, fur l'amour de Dieu, & la charité, qui
font des termes fynonimes dans l'Ecriture, dans toute la Tradition, dans les Peres, dans la faine Théologie, & dans tout le
langage de la pieté. J'y trouve des chofes contradictoires, des
raifonnemens peu concluans; même des imputations qui me
paroiffent injuftes; & je ne puis affez m'étonner que vous ne
vous en apperceviez pas le premier.

Je ne vois pas que la thèfe de la Lettre des Curés foit differente pour le fond de celle de l'Auteur de l'Avertiffement que
l'on a mis à la tête de l'imprimé pour un plus grand éclair-
ciffement, ni qu'ils mettent en avant autre chofe que l'obligation de rapporter toutes fes actions à Dieu par amour, ni qu'ils
veuillent foutenir autre chofe que ce qui eft décidé par la cenfure de M. de Gondrin, & de toute la Province, & ce qui eft
contenu formellement dans le Cathechifme de Sens, qui eft
bien conftamment la doctrine de l'Ecriture, de la Tradition de
l'Eglife, des Peres, & des bons Théologiens. Il eft vrai que
vous dites que vous y foufcrivez de tout votre cœur : mais j'ai
peine à comprendre que vous puiffiez férieufement vous flatter
que le monde un peu éclairé penfe que votre doctrine expliquée
fi au long dans votre Ve. Avertiffement, foit la même que celle
qui eft contenuë fi clairement dans ces monumens refpectables,
auffi bien que celle que feu M. de Meaux, que vous appellez un
grand Théologien, a fi conftamment, & fi expreffément en-
feignée.

Car (pardonnez, Monfeigneur, ce court raifonnement que
je n'ai pas le tems d'étendre dans une Lettre écrite un peu à la
hâte :) dire que nous fommes obligez de rapporter toutes nos actions à la gloire de Dieu, conformément à ces paroles de l'A-
pôtre : *omnia veftra in charitate*, &c. & ces autres : *five manducatis*, &c, c'eft dire, que nous fommes obligez d'agir en
tout par amour de Dieu, d'aimer Dieu en tout pour lui-même,
& tout le refte par rapport à Dieu; que nous ne devons chercher,
& avoir en vûë dans toutes nos actions, que la gloire de Dieu,
que de plaire à Dieu, & de faire fa volonté, foit que nous pen-
fions actuellement à Dieu, foit que cette penfée nous échappe :
Car toutes ces expreffions font fynonimes, & ne préfentent que la
même idée. Or c'eft ce que l'on entend par rapporter à Dieu toutes fes actions par amour. Enfeigner comme dans le Cathechifme

de Sens que *pour aimer Dieu , comme il le commande , il faut souvent songer à Dieu , se plaire à parler , & à entendre parler de lui , & lui rapporter* TOUTES *ses affections, ses pensées & ses actions ;* c'est enseigner que Dieu nous commande de l'aimer de façon que nous pensions souvent à lui, que nous nous plaisions à parler , & à entendre parler de lui , & que nous lui rapportions TOUTES nos affections , nos pensées , & nos actions ; ou , ce qui est précisément la même chose , que Dieu nous commande d'avoir pour lui un amour qui nous fasse souvent penser à lui , &c. & qui soit en nous le mobile qui donne le branle à toute notre conduite , à tous nos mouvemens , à toutes nos affections , à toutes nos actions , soit que nous pensions actuellement à Dieu , soit que nous n'y pensions pas. Or c'est là encore une fois ce que c'est que rapporter à Dieu toutes ses actions par amour , actuellement ou virtuellement. Et c'est pourquoi on dit que cette obligation est renfermée dans le grand commandement de l'amour ; & que la pratique de l'un n'est que l'accomplissement de l'autre : ce qui me paroît de la dernière évidence. Prétendre qu'il y a quelque chose de contraire à cette doctrine dans les décisions de l'Eglise , ce seroit manifestement en imposer , & faire l'Eglise contraire à elle-même. Toutes ces idées sont simples & nettes ; & tout ce qu'on pourroit y opposer se dissipe de soi-même , & se réfute aussi clairement.

Je ne dis rien maintenant de feu M. de Meaux. Sa doctrine n'est ignorée de personne. Qu'on ouvre ses livres , & notamment ceux que j'ai donnés depuis quelques années , où il traite cette importante matiere avec étenduë & netteté. On y verra la beauté , la sublimité , & la pureté de ses sentimens. Et il est bien constant qu'il ne s'est jamais démenti en aucun endroit de ses Ouvrages. Il n'y a qu'à lire ceux mêmes que vous citez , pour s'en convaincre.

Au reste il n'y a rien de surprenant que plusieurs membres d'un Clergé aussi pieux , & aussi éclairé que celui de notre Métropole , ayent cru appercevoir dans vos Avertissemens une opposition formelle à cette doctrine si précieuse , & qu'ils en ayent été allarmés , après ce qu'on lit dans votre histoire de Marie Alacoque , que vous avez donnée au public peu de tems avant votre nomination à Sens , & qu'on dit que vous répandez dans les Maisons Religieuses de votre nouveau Diocese. Car , à vous parler franchement, Monseigneur, si vous voulez un peu raffurer le monde fur cet article, & que l'on commence à ajouter foi à vos paroles, il faut commencer par effacer, ou révoquer cette propofition que vous avancez dans cet Ouvrage, d'ailleurs

Vie de Marie
Alacoque par
M. Languet
Evêque de
Soiffons. pag.
296.

si reprehenfible, fans explication ni correctif : *Qu'il y a des ames dans le Purgatoire (par conféquent prédeftinées.) qui n'ont point d'autres marques de prédeftination que de ne point haïr Dieu.* Ce font vos propres paroles, & je fremis feulement à les tranfcrire.

J'ai l'honneur d'être avec refpect,

MONSEIGNEUR,

Votre très-humble, &
très-obéiffant ferviteur.

A Troyes ce
10e. Octobre
1731.

Signé, † J. BENIGNE, Ev. de Troyes.

PRIVILEGE DU ROI.

LOUIS par la grace de Dieu, Roi de France & de Navarre : A nos amez & feaux Confeillers les Gens tenans nos Cours de Parlement, Maîtres des Requêtes ordinaires de notre Hotel, Prevôt de Paris, Baillifs, Sénéchaux, leurs Lieutenans Civils & autres nos Jufticiers & Officiers qu'il appartiendra, Salut. Notre amé & féal Confeiller en nos Confeils le fieur JACQUES BENIGNE BOSSUET, Evêque de Troyes, Nous a fait remontrer qu'il défireroit faire imprimer les livres fervans pour l'Office Divin, à l'ufage de fon Diocèfe : fçavoir, Breviaires, Diurnaux, Miffels, Rituels, Antiphoniers, Manuels, Graduels, Proceffionnaux, Epiftolliers, Pfeautiers, Directoires, Heures, Catéchifmes, Ordonnances, Mandemens, Statuts-Synodaux, Lettres Paftorales & Inftructions, à l'ufage du Diocèfe de Troyes ; & comme il lui eft important que lefdits ouvrages ne puiffent être imprimez & diftribuez que par le Libraire ou Imprimeur qu'il choifira à cet effet, il Nous a très-humblement fait fupplier de ce nos Lettres de privilege fur ce néceffaires. A CES CAUSES, voulant favorablement traiter ledit fieur Evêque de Troyes, Nous lui avons permis & accordé, permettons & accordons par ces Préfentes, de faire imprimer par tel Libraire ou Imprimeur qu'il voudra choifir, les Breviaires, Diurnaux, Miffels, Rituels, Antiphoniers, Manuels, Graduels, Proceffionnaux, Epiftolliers, Pfeautiers, Directoires, Heures, Catéchifmes, Ordonnances, Mandemens, Statuts Synodaux, Lettres Paftorales & Inftructions, à l'ufage du Diocèfe de Troyes, en tels volumes, marges, caracteres, conjointement ou féparément, & autant de fois que bon lui femblera, & de les faire vendre & débiter par tout notre Royaume pendant l'efpace de douze années confécutives, à compter du jour & datte des Préfentes, fans qu'à l'occafion des lettres ci-deffus fpécifiées, il puiffe en être imprimé d'autres qui ne foient pas dudit fieur Evêque ; Faifons très-expreffes inhibitions & défenfes à toutes perfonnes de quelque qualité & condition qu'elles foient, d'en introduire d'impreffion étrangere dans notre Royaume, Païs, Terres & Seigneuries de notre obéïffance, & à tous Libraires, Imprimeurs & autres d'imprimer, vendre, faire vendre, débiter ni contrefaire lefdits livres & ouvrages ci-deffus énoncez en tout ou en partie, fous quelque prétexte que ce foit, d'augmentation, correction, changement de titre, même de traductions étrangeres ou autrement, fans le confentement par écrit dudit fieur Evêque de Troyes, ou de celui ou ceux qui auront droit de lui, à peine de confifcation defdits Exemplaires contrefaits, de trois mille livres d'amende contre chacun des contrevenans, dont un tiers à Nous, un tiers à l'Hôtel Dieu de notre bonne Ville de Paris, & l'autre tiers au Libraire qui fera chargé defdites impreffions, & de tous dépens, dommages, & intérêts ; à la charge que ces Préfentes feront enregiftrées tout au long fur le Regiftre de la Communauté des Libraires & Imprimeurs de Paris, & ce dans trois mois du jour & datte d'icelles ; que l'impreffion de ces Livres fera faite dans notre Roiaume & non ailleurs, en bon papier & beaux caracteres, conformément aux Reglemens de la Librairie ; & qu'avant de les expofer en vente, les manufcrits ou imprimez qui auront fervi de copies à l'impreffion defdits Livres, feront remis dans le même état où l'Approbation y aura été donnée, ès mains de notre très-cher & féal Chevalier Chancellier de France le fieur Dagueffeau, & qu'il en fera enfuite mis deux Exemplaires de chacun d'iceux dans notre Bibliotheque publique, un dans celle de notre Château du Louvre, & un dans celle de notre très-cher & féal Chevalier Chancelier de France, le Sieur Dagueffeau ; le tout à peine de nullité des Préfentes ; du contenu defquelles vous mandons & enjoignons de faire jouir & ufer le Libraire ou Imprimeur qu'il aura choifi pour cet effet, ou fes ayans caufe, pleinement & paifiblement, fans fouffrir qu'il leur foit fait aucun trouble ou empêchement. Voulons auffi qu'en mettant au commencement ou à la fin de chacun defdits Livres copie ou extrait des Préfentes, elles foient tenuës pour bien & dûement fignifiées, & aux copies collationnées par l'un de nos amez & feaux Confeillers Secretaires, foy foit

ajoutée comme à l'Original. MANDONS au premier notre Huiſſier ou Ser-
gent ſur ce requis faire pour l'execution des Preſentes tous exploits & actes necef-
faires, ſans demander autre permiſſion, nonobſtant clameur de Haro, Charte Nor-
mande & Lettres à ce contraires; Car tel eſt notre plaiſir. DONNE' à Paris le
huitiéme jour d'Août, l'an de grace mil ſept cent vingt, & de notre Regne le cinquiéme. Par le Roi en ſon Conſeil.

Signé, LE PETIT.

Il eſt ordonné par l'Edit du Roi du mois d'Août 1686 & Arrêts de ſon Conſeil, que
les Livres dont l'impreſſion ſe permet par Privilege de Sa Majeſté, ne peuvent être ven-
dus que par un Libraire ou Imprimeur.

Regiſtré ſur le Regiſtre IV. de la Communauté des Libraires & Imprimeurs de Paris
page 649. No. 699. conformément aux Reglemens & notamment à l'Arrêt du Conſeil
du 13. Août 1703. A Paris le 11 Septembre 1720.

Signé DELAULNE, Syndic.

De l'Imprimerie de CLAUDE SIMON,

www.ingramcontent.com/pod-product-compliance
Lightning Source LLC
Chambersburg PA
CBHW070809260626
47161CB00006B/2212